l'isard

l'isard

Últims títols publicats

10. *El bolígraf de Higgs*. Rubèn Montañá
11. *Foc al cor*. Maria Carme Roca
12. *La sorra del rellotge*. Maria Enrich
13. *No volia escriure aquest llibre*. Albert Güell i Juanola
14. *Columna de fum*. Jordi Fenosa
15. *Com una tempesta que arriba sense avisar*. Glòria Marín
16. *Una acàcia entre quatre parets*. Ricardo Alcántara
17. *Escrivia flors a la Júlia*. Lluís Gea Martínez
18. *L'inquietant (i meravellós) veí del tercer segona*. Jaume Cela
19. *El darrer crit*. Jordi Serra Mayoral
20. *Tot plegat semblava una broma*. Anna Villar
21. *Quatre persones diferents no somien el mateix*. Muntsa Mimó
22. *Sempre amb texans*. Anna Cabeza
23. *Paraules, flors i pólvora*. Cinta Arasa
24. *La botiga de vides*. Adrià Aguacil
25. *Només vull ser jo mateix*. Rodolfo del Hoyo
26. *L'estrany cas del detectiu Arsène Lutin*. Francesc Puigpelat
27. *El dia que vull oblidar*. Albert Juvany i Blanch
28. *La pregunta*. Arturo Padilla

Hi ha unes propostes didàctiques, referides a aquest llibre, que poden descarregar-se de manera gratuïta des de la pàgina web www.animallibres.cat.

PAPER ECOLÒGIC
TCF LLIURE DE CLOR

FOTOCOPIAR LLIBRES
NO ÉS LEGAL

LLIBRE AMIC DELS BOSCOS
PAPER PROCEDENT DE FONTS RESPONSABLES

Apartat de correus 6141 - 08080 Barcelona
Disseny de la col·lecció: Estudi Miquel Puig
Coberta: Carles Barrios
Impressió: Romanyà-Valls

1a edició: març, 2021
2a edició: novembre, 2021
ISBN: 978-84-18592-01-0
DL: B-1041-2021

FRANCESC PUIGPELAT

L'estrany cas del detectiu Arsène Lutin

animallibres

1
De vacances a París

Sempre que els amics em pregunten quines han estat les millors vacances de la meva vida, responc sense dubtar-ho:

–Les de fa dos anys. Les del segrest dels meus pares a París.

I els meus interlocutors, sorpresos, amollen una bateria de preguntes:

–Com?

–Que van segrestar els teus pares?

–Va ser un grup terrorista?

–I qui els va salvar?

–Vau pagar molts diners de rescat?

Etcètera. I jo, per respondre'ls, he de començar una explicació en un estil més aviat atabalat:

–Érem a París, i al tercer dia vam rebre una nota anònima que informava del segrest. El meu germà i jo estàvem aterrits, però per sort teníem per veí un detectiu privat, l'Arsène Lutin. Era un detectiu molt capaç, divertit i fins i tot màgic, que...

I més etcètera. La veritat és que la història va ser tan llarga, tan complexa i tan desconcertant que sempre em faig un embolic. No sé explicar-la amb coherència. Per això, al cap de dos anys, he pres una decisió: escriure la narració del segrest dels meus pares, en detall, com un llibre.

És el que llegireu ara. Aquí us deixo la meva història, en forma de novel·la.

I, com passa en totes les novel·les, per començar introduiré la situació i els personatges, per ordre.

Començo per la situació. Amb comentaris:

En teoria, passar unes vacances a París és una cosa que agrada a tots els nois. A part del Louvre, de Notre-Dame, l'Arc de Triomf i alguns centenars de museus avorrits i monuments empipadors, París té innegables atractius no culturals: la torre Eiffel, les passejades al costat del Sena, les botigues del Barri Llatí, les vistes de Montmartre, restaurants de tota mena, un clima agradable, Disneyland París i el parc dedicat a Astèrix, Obèlix i els romans.

Però tota teoria té les seves excepcions. Quan jo, la Marta Peris, i el meu germà Víctor, ens vam assabentar que els pares planejaven passar a París els deu primers dies d'agost, algunes de les nostres respostes van ser:

–Una altra vegada a París?

–Quin rotllo!

–Ja és el sisè any!

–I no podem anar a una altra ciutat?

Els pares van contraatacar amb contundència:

–Si anar a París és un luxe! –va exclamar el pare, Lluís Peris.

–Què més voldrien els vostres amics, que anar a París! –va afegir la mare, la Marina Leal, atiant l'argument més vell del món: el de l'enveja que senten els altres quan un se'n va de vacances.

El primer cop que el Víctor i jo, amb sis i set anys, respectivament, havíem visitat París i havíem dut de tornada les inevitables fotos amb el Mickey Mouse i la torre Eiffel, ens ho havíem passat bomba. També la segona, l'any següent. Però el temps passa i, mal que els pesi als pares, que voldrien sempre nens rondinaires però obedients, els fills creixen. Jo estava a punt de fer els setze anys, el Víctor en tenia catorze, i ja no ens interessaven gaire les suposades meravelles parisenques.

Els meus pares anaven de progres, però no fins al punt de posar a votació les vacances. El diàleg, el respecte als altres, la pluralitat i idees similars són fantàstiques per discutir-les a classe o per fer discursets, però no per aplicar-les a casa.

Conclusió: l'1 d'agost del 2014, al migdia, els pares, el Víctor i jo fèiem rodar les maletes pels passadissos de l'aeroport d'Orly. Des d'allà vam agafar el RER i després el metro fins a l'apartament on ens allotjaríem.

Era el número 20 de la rue Manin, que discorria en paral·lel al parc de Buttes-Chaumont, format per arbres frondosos, herba tendra i estanys. Es tractava d'un bloc de set plantes, no gaire cèntric però ben situat, a vint minuts en metro de Notre-Dame i a mitja hora de la torre Eiffel. A la planta baixa, darrere una reixa, hi havia una porteria que incorporava una portera cofada amb l'inevitable mocador amb quatre nusos i armada amb la no menys inevitable escombra:

–*Bonjour!* –van saludar els pares, tots dos alhora.

–*Bonjour!* –va respondre.

La mare va informar a la portera que ens allotjaríem al quart segona, a l'apartament dels senyors Mario Gómez, Pamela Martín i fills.

–D'acord –va respondre la portera–. Els senyors Gómez em van avançar que vindrien vostès. Benvinguts.

I ens va lliurar un clauer amb les claus de l'apartament.

Ja feia molts anys que practicàvem l'intercanvi de cases. Era una manera senzilla i barata de viatjar i allotjar-se: a través d'una web especialitzada, oferíem casa nostra a Catalunya a qui desitgés anar-hi, a canvi de cases similars de famílies d'altres països. Uns i altres ens posàvem d'acord per les dates de les vacances, i establíem un sistema per intercanviar les claus.

En aquesta ocasió, mentre nosaltres aconseguíem un pis gratis a París, els senyors Gómez gaudien d'una casa gratis a Catalunya. El meu pare ho explicava a les amistats amb la seva habitual grandiloqüència: «Aquest sistema ens permet viure en una casa francesa tal com viuen els francesos, i no com un guiri qualsevol».

Al Víctor i a mi, en canvi, la idea d'intercanviar cases ens semblava més aviat cutre, perquè implicava excés de feina. Anar a comprar espaguetis i bistecs? Cuinar? Fer-se el llit? Fregar? Hauríem preferit mil vegades allotjar-nos en un hotel, encara que el pare ho qualifiqués despectivament com a típic «de guiris».

El bloc disposava només d'un ascensor del temps de Matusalem, de fusta gastada, tan estret que ens van caldre tres viatges per pujar amb l'equipatge. El pis dels senyors Gómez era també molt petit: tot just cinquanta metres quadrats. Les parets estaven brutes, la cuina era minúscula, les làmines del parquet ballaven i només hi havia una finestra amb vistes al parc.

Però el que va acabar amb la nostra paciència va ser que el Víctor i jo hauríem de compartir habitació. Vam descarregar les maletes, ens vam estirar als llits i vam començar a rondinar.

–Els fills dels senyors Gómez de París tenen sort –vaig ironitzar–. Ells van a un pis de cent vint metres, amb llum del dia, aire condicionat i habitacions individuals.

–Per cert: per què es diuen Gómez, si viuen a París?

–Deuen ser immigrants. Probablement sud-americans. París n'està ple. Mira això.

El Víctor va assenyalar un pòster col·locat sobre el seu llit. Era un mapa de Guatemala enorme, amb els departaments pintats de diferents colors, clavat a la paret amb xinxetes.

Vam buidar les maletes, vam sortir a fer la compra a un súper i vam dinar. Per alegrar la migdiada, els pares van posar la tele: el canal 24 hores de notícies en francès. Després d'algunes notícies de política local, va aparèixer un titular: «Cop d'estat a Guatemala».

–Quina casualitat! –va exclamar el Víctor–. La família Gómez són d'origen guatemalenc.

–N'estàs segur? –va dir el pare.

–Almenys, tenen un mapa de Guatemala a l'habitació.

–I la cuina està plena de blat de moro per fer *tortitas* –va afegir la mare–. Però silenci. A veure què expliquen.

Va aparèixer la típica periodista amb el micro de carxofa, que va explicar que hi havia encara poques dades sobre el cop d'estat. El president, un tal Otto Pérez Molina, nomenat després d'unes eleccions democràtiques netes el 2012, havia estat destituït, i es desconeixia on parava.

–Pobra gent! –va sospirar la mare.

–Sí –va afegir el pare–. Tants cops d'estat i tant exili és una llàstima...

Els pares van iniciar una llarga tertúlia amb l'objectiu d'arreglar el món, mentre el Víctor i jo ens retiràvem al nostre quarto, posàvem en marxa l'ordinador i ens connectàvem a una web per veure la quarta temporada de la nostra sèrie preferida, *Com vaig conèixer la vostra mare*. Així de patètica va transcórrer la tarda, però no tan patètica com la dels nostres pares, que van anar a fer cues de turistes a Notre-Dame i a sopar al Barri Llatí.

L'endemà, el meu germà i jo vam anar a comprar l'esmorzar a la pastisseria de la cantonada. Els dolços eren el que més ens agradava de França: la varietat de pans de cereals i la quantitat de pastes, pastissets i melindros que hi ha a tot arreu. Vam comprar tres menes diferents de pa integral, pa de raïm, pa de pessic amb crema i pastissets de xocolata negra amb pera. I, per rematar-ho, quiche lorraine: per mi, el món no tindria sentit sense les quiches, molt superiors a les seves cosines italianes, les pizzes.

De tornada, mentre esperàvem l'ascensor, el Víctor va observar de reüll la porta d'uns veïns.

–Crec que aquí hi ha alguna cosa interessant –va dir.

Ens hi vam acostar. En una placa de llautó més aviat llardosa, vam llegir:

«Arsène Lutin.
Detectiu privat».

–Que divertit! –va exclamar el Víctor–. Mai no havia conegut un detectiu privat.

–Bah! Deu ser cutre. Només cal veure la placa.

–No siguis primmirada –va respondre el Víctor–. On creus que vivia el Sherlock Holmes? En un palau? Si ordenava els papers segons la capa de pols!

–Esclar. I ara em diràs que, com més vell i brut és el despatx, més llest és el detectiu.

–Ho has encertat.

El detectiu, fos o no cutre, va acaparar tota l'atenció a l'hora d'esmorzar.

–És curiós que es digui Arsène Lutin –va assenyalar la mare–. El nom s'assembla molt al famós Arsène Lupin.

–Famós? Arsène Lupin? –vaig preguntar.

–És un cèlebre personatge de ficció, el protagonista de les novel·les policíaques de Maurice Leblanc.

–És a dir: un detectiu.

–No. Un lladre –va explicar la mare–. L'Arsène Lupin és el pare i el prototipus de tots els lladres refinats. Un paio molt llest, ric, culte, elegant i guapo, que té molt d'èxit amb les dones. Recordeu en

George Clooney, quan roba un casino de Las Vegas a *Ocean's eleven*? Doncs bé: el seu personatge està inspirat en el de l'Arsène Lupin...

Etcètera. Va seguir una lliçó completa de cultura francesa, cosa que ens porta al nucli del problema: els nostres pares són uns perfectes francòfils. Per ells, tot el que ve de França és millor: els llibres, la tele, les pel·lícules, els detectius, els lladres, els polítics, la llengua, els cotxes i els monuments. Aquest amor desorbitat per tot el que és gavatx tenia, esclar, una base sentimental: els meus pares s'havien conegut vint anys abans a París, mentre estudiaven dos postgraus a la universitat de la Sorbona. S'havien sentit atrets l'un per l'altre vora les llibreries de segona mà del Sena, s'havien enamorat passejant per Montmartre i s'havien fet un petó per primera vegada a l'últim pis de la torre Eiffel. Romàntic, oi?

Aquella tarda vam tenir la primera discussió de les vacances. Els pares ens convidaven a fer una passejada pel Barri Llatí. El Víctor i jo ens hi negàvem, perquè l'únic interessant del Barri Llatí són les botigues i, quan no hi ha pressupost, és molt frustrant mirar aparadors plens de regals inabastables.

–No us podeu passar la tarda davant de l'ordinador, la tauleta i el mòbil –va dir la mare.

–Sí, oh i tant, que podem –va replicar el Víctor.

–Esteu malgastant el viatge –va afegir el pare–. Per no sortir, us podíeu haver quedat a casa.

–És cert –va acceptar el Víctor amb un somriure d'angelet.

El meu pare es va sulfurar i ens va engegar una esbroncada:

–El que us passa és que sou uns nens malcriats. Ho teniu tot massa fàcil. La vostra mare i jo ens vam veure obligats a espavilar-nos a París, parlar francès amb tothom, treballar dur per guanyar-nos l'allotjament i pagar-nos la matrícula a la universitat. I vosaltres, en canvi, no voleu ni sortir de casa...

Més etcètera. El típic discurs dels pares d'avui que es passen la vida explicant batalletes de la seva joventut i acusen els joves de nens *pijos* que no saben buscar-se la vida.

La mare va col·locar la cirereta al discurs del pare amb la seva frase preferida:

–Així, no arribareu mai enlloc.

Era una frase que repetien a tota hora, com la tornada d'una cançó de moda. La mare va agafar el relleu del pare i va empalmar l'esbroncada amb un altre dels seus temes preferits: el seu projecte que el Víctor i jo estudiéssim a la universitat de París.

–D'aquí a un o dos anys –va reblar la mare– vindreu a estudiar a París. Heu d'aprendre a ser independents.

–Ho farem –vaig replicar–. Però quan arribi el moment.

–Quan ens llanceu a la piscina –va afegir el Víctor–, sabrem nedar.

–Ho dubto –va grunyir el pare.

–I jo ho dubto més –va rondinar la mare.

Els pares ho dubtaven. Semblava que era el seu ofici, o almenys, el seu passatemps preferit: dubtar de nosaltres.

El Víctor i jo, en canvi, no ho dubtàvem. Gens ni mica. Estàvem convençuts que, en cas de necessitat, ens espavilaríem a París tan bé o potser millor del que s'havien espavilat els nostres pares vint anys enrere.

–No arribareu mai enlloc –exclamaven els pares.

–No. Arribarem allà on vulguem –replicàvem.

Qui tenia raó? Els nostres pares, que ens acusaven de nens malcriats que no faríem mai res de bo? O el Víctor i jo, que acusàvem els pares de no confiar en les nostres aptituds?

En pocs dies, el segrest donaria resposta definitiva a aquestes preguntes.

2
El segrest

Aquella nit, els pares van sortir a fer un sopar romàntic en un restaurant del barri.

–Soparem una fondue de formatge –va dir la mare.

–Amb dues ampolles de borgonya –va afegir el pare rient.

–No us fiqueu al llit massa tard.

Els vam fer cas a mitges. Vam anar al llit a mitjanit i l'endemà vam fer el ronsa fins a les nou. El Víctor era el que tenia més gana, i va anar a comprar la quiche lorraine i els pastissets de xocolata negra i pera. Vam esmorzar sols i vam fer broma:

–És estrany que els pares no s'aixequin!

–Potser tenen ressaca... El formatge fa venir set!

–I el romanticisme!

Ens vam connectar una estona l'Instagram. Després vam posar música. A les televisions franceses només hi havia sèries infantils patètiques, notícies rocambolesques, astròlegs i concursos delirants. A les deu ja estàvem avorrits. Per algun estrany fenomen psicològic, enyorava que la mare em donés la tabarra. Vaig obrir una mica la porta del seu dormitori. No se sentia res. La vaig obrir de bat a bat i la sorpresa va ser majúscula: el llit estava sense desfer!

–Víctor, vine –vaig dir–. No han dormit aquí...

–És estrany! Segur que ens han enviat un missatge...

Vam mirar els mòbils, però no hi havia res. Vaig trucar al pare. Res. Vaig trucar a la mare. Una veu em va informar que el telèfon estava desconnectat.

–Això és cada vegada més estrany...

Vam enviar SMS, whatsapps i correus, des del mòbil del Víctor i des del meu. Tampoc no hi va haver resposta.

–No ens posem nerviosos –vaig dir nerviosíssima–, hi ha d'haver una explicació. Recordes si tenien algun pla, per ahir?

–La fondue de formatge.

–I res més?

–Volien anar a no sé quin museu de cotxes antics –va afegir el Víctor.

–Em refereixo per ahir. No van dir alguna cosa d'uns amics?

–Sí: uns companys d'universitat. Però era per d'aquí a uns dies. Ahir sortien sols.

–Aleshores, què?

El Víctor i jo ens vam mirar una bona estona, en silenci. Simultàniament, als nostres mòbils va sonar l'alarma d'un missatge. Teníem tots dos un SMS, procedent d'un número ocult. Una sola paraula: «Portera».

–Esclar! –vaig exclamar–. Deuen haver deixat un missatge a la porteria.

–Però els SMS no ens l'envien ells.

–I què?

–Que segueixen sense respondre.

Hi va haver un altre silenci.

–És igual. Baixem a la porteria –va dir el Víctor finalment.

No vam tenir paciència per esperar l'ascensor del temps de Matusalem i vam baixar les escales de quatre en quatre. La portera estava escarxofada en una butaca mirant la tele i fumant un cigarret.

–Què voleu?

El seu to era despectiu i vaig haver de concentrar-me molt per treure la pols al meu francès.

–Els nostres pares han deixat cap missatge per nosaltres? –li vaig preguntar.

–No –va respondre. I ens va fitar amb un somriure irònic. Estava a punt d'anar-me'n quan va afegir:– Però algú ha portat una carta aquest matí.

Em va allargar un sobre on vaig llegir: «Rue Manin, 20. 4, 2».

No hi havia segell ni remitent. Qui podia enviar-nos una carta a aquella adreça? Estava a punt d'esquinçar el sobre, però el Víctor va parlar fluixet.

–No m'agrada la portera.

–Ni a mi. Anem a dalt?

–Som-hi.

Vam tornar a pujar i vam obrir la carta. Era un text format per lletres retallades de diaris i revistes. Deia:

«Els vostres pares estan segrestats. Més endavant rebreu instruccions. No aviseu la policia, família, ni amics. Tenim controlats telèfons i internet. Quiets. Us vigilem».

El meu germà i jo ens vam mirar. Crec que va ser una escena molt ridícula. Els dos vam moure els llavis, com per articular alguna paraula, però no ens va sortir cap so de les cavitats bucals.

Quan, a la fi, vam recuperar l'alè, el Víctor va parlar primer.

–No pot ser.

–Per què?

–És impossible. Ha de ser una broma.

Vaig reflexionar uns instants i ho vaig confirmar:

–És cert. Segur que és una broma. –Va passar una estona més. I vaig afegir:– Però al pare i a la mare no els agraden les bromes.

–És cert –va acceptar el Víctor–. No suporten les bromes.

–Però ha de ser una broma –vaig insistir.

–Sens dubte.

Ens vam quedar callats. Llavors va sonar una altra vegada el to de missatge. Ens entrava un segon SMS. Tornava a ser d'un número ocult. No hi havia text. Només una emoticona: una cara trista amb llàgrimes.

Vaig mirar el correu electrònic. Tenia quatre missatges nous. Els quatre de remitent desconegut. Els quatre sense text. Els tres primers eren simplement fotos de persones segrestades, lligades i emmordassades. El quart mostrava un home mig amagat rere el tronc d'un arbre.

–Què vol dir això? –va dir el Víctor.

–Ni idea.

Vaig pensar uns instants i vaig treure el cap per la finestra. Veia la vorera sota de casa, la calçada sense cotxes, la vorera oposada, la reixa i les capçades dels arbres del parc Buttes-Chaumont. Vaig estudiar les cares dels vianants i em vaig fixar en un home d'aspecte avorrit que estava recolzat contra un arbre.

–El veus? –vaig preguntar.

–El veig –va respondre el Víctor–. I què?

–Què hi fa, recolzat a l'arbre?

–Res. Es recolza a l'arbre.

–Víctor! –vaig exclamar–. No et facis l'imbècil. No et sembla sospitós?

–No.

–La foto que ens han enviat! És un avís. Hi ha un paio que ens vigila. El paio de l'arbre!

El Víctor se'l va quedar mirant. L'home va treure una revisteta i un boli d'una butxaca i va començar a escriure.

–Has vist massa pel·lícules. Està fent mots encreuats.

–Ho dubto.

–Doncs sopes de lletres.

–Tampoc –vaig contestar–. Què t'hi jugues?

–Dir-te «burra».

–Accepto.

–I jo.

Ens vam picar les mans.

–I com ho comprovarem? –va preguntar el Víctor.

–És fàcil. Sortim a passejar i a veure si ens segueix.

Vam baixar i ens vam plantar davant del portal. El paio va aixecar la vista dels mots encreuats o les sopes de lletres i ens va llançar una llambregada furtiva. Era un individu alt, corpulent, anava vestit amb uns texans gastats, vambes blanques i una camisa estampada en colors vius, tipus hawaiana. Era pàl·lid, tenia els cabells negres i arrissats i mastegava xiclet.

–I ara, què? –va murmurar el Víctor.

–Anem al parc.

Vam creuar la rue Manin, vam lliscar vora la reixa i vam franquejar la primera entrada. El paio es va guardar la revisteta en una butxaca de darrere dels texans i ens va seguir. Vam recórrer l'avinguda principal del parc, després vam agafar un caminet a la dreta, un altre a l'esquerra i ens vam aturar en un quiosc de fusta. L'home es va aturar a uns quinze metres. Després vam seguir avançant, vam rodejar un petit estany i ens vam plantar al costat d'una cascada artificial. Ens hi vam aturar com qui fa el guiri. I el paio ens va venir al darrere.

–No és gaire dissimulat –va comentar el Víctor.

–No li cal. Al contrari.

–Què vols dir?

–Que això és un avís. Volen intimidar-nos.

Vam tornar a casa, amb el paio estalonant-nos. Vam pujar, callats i abatuts. Ens vam asseure a taula i ens vam mirar. Estàvem aclaparats i neguitosos.

–Burro! –vaig exclamar.

–Imbècil! –va respondre el Víctor.

–Eh! Era el «burro» de la juguesca. No s'hi val contestar.

–D'acord.

–Burro! –vaig repetir.

El Víctor no va dir res. Tot d'una, vaig notar que m'ofegava. Tinc asma i, quan em poso molt nerviosa, noto que se'm talla la respiració i he de ruixar-me la boca un esprai. Vaig prémer el botó de l'esprai però, en lloc d'alleujar-me, se'm va tallar l'alè i vaig haver de preme'l dues vegades més.

–Vols parar? –em va dir el Víctor–. Ets una histèrica.

–No puc.

–Que paris!

–M'ofego!

I era veritat que em faltava l'aire. El meu germà es va aixecar i em va etzibar una bufetada.

–Que paris!

Però jo seguia sent incapaç de controlar-me. Va caure la segona bufetada. Llavors vaig notar que el Víctor esbossava un somriure: per a ell, l'asma era una fantàstica excusa per atonyinar-me. Empipada, em vaig refer. I li vaig llançar un clatellot tan fort que va ensopegar amb la pota d'una cadira i va caure de morros a terra. El Víctor s'hi va tornar. Jo m'hi vaig tornar. Bufetada rere bufetada. La baralla va acabar amb els dos panteixant, esgotats, amb les galtes vermelles de tants calbots.

Tanmateix, ens va anar molt bé. Amb tant d'estrès, esbravar-se clavant clatellots al germà més proper és una bona teràpia. El Víctor i jo ens vam mirar i, de sobte, sense cap motiu concret, vam començar a riure, i al cap de dos minuts, ens estàvem rebolcant per terra amb un atac de riure. Era absurd, però va ser així. Al cap i a la fi, que segrestin els teus pares és una situació prou excepcional per reaccionar fent bogeries. Oi?

Quan ens vam calmar, ja estàvem en situació de raonar amb més fredor.

–És estrany –vaig començar–. Qui pot tenir interès a segrestar-los, a París? Aquí no coneixen a ningú.

Vam reflexionar en silenci. Fins que el Víctor es va posar a riure:

–I ahir deien que eren més espavilats que nosaltres! –va exclamar.

–Què vols dir?

–Que els han segrestat. A ells!

–I ara ens toca salvar-los –vaig afegir–. Però com?

De sobte, tots dos vam veure la llum.

–El detectiu! –vam exclamar a l'uníson.

3
Arsène Lutin

Vam baixar les escales de quatre en quatre, ens vam plantar davant la placa de l'Arsène Lutin i vam trucar al timbre. No res. Vam insistir, però no hi va haver resposta. Vam acostar-nos a la porteria.

–Volem parlar amb el senyor Lutin.

–Acostuma a arribar a aquesta hora –va dir la portera–. Mirin, ja hi ha el seu cotxe...

Va assenyalar el portal, rere el qual s'emmarcava un Renault Clio blanc. Ja des del llindar, vam veure com el cotxe brut, abonyegat i amb les vores del capó rovellades s'embotia entre dos BMW a cops de para-xocs. L'Arsène Lutin va sortir del Clio, va guardar-se les claus a la butxaca i es va adreçar al portal.

Només veure'l, vam entendre que era un paio peculiar, molt peculiar, com corresponia al seu cognom. «Lutin», en francès, significa 'follet'. I l'Arsène Lutin era baixet i una mica panxut, tenia el nas rodó i les orelles punxegudes, com dues fletxes a banda i banda del cap que assenyalessin cap al cel. Tenia un somriure trapella, una mica infantil. Anava vestit de forma totalment estrafolària, amb uns pantalons vermells i una estranya americana blanca amb taques negres, com la pell d'una vaca. Brandava amb la mà dreta un bastó de fusta clara amb pom d'ivori.

–Senyor Lutin! –vaig exclamar quan creuava el llindar.

Em va mirar de dalt a baix.

–Digui'm, joveneta –em va respondre.

–Necessitem parlar amb vostè.

–Impossible –va fer–. Tinc molta feina.

–Això mateix. Li volem proposar una feina.

–Vosaltres? Aviam... –Se'ns va quedar observant amb curiositat, ens va assenyalar amb el bastó i va afegir:– Vostè, joveneta, té quinze anys i deu mesos. I vostè, amiguet, catorze anys i dos mesos.

Em vaig quedar bocabadada. Ho havia encertat de ple! Ni que fos el Sherlock Holmes!

–De la qual cosa es dedueix –va prosseguir– que cap dels dos no és major d'edat. Per tant, no tenen capacitat legal per contractar-me.

I, sense dir res més, va entrar, va saludar la portera i va desaparèixer.

–Aquest paio és molt estrany –va dir el Víctor.

–Però molt bo –vaig afegir–. Què fem?

–Seguim-lo.

Li vam anar al darrere i vam trucar a la porta del despatx. L'Arsène Lutin no va treure el cap fins al quart cop de timbre.

–Senyor Lutin, sisplau –vaig implorar–. És important.

–Es tracta d'un segrest! –va exclamar el Víctor.

–Esteu de broma –va respondre el Lutin.

–No. Miri.

Li vaig ensenyar l'anònim amb lletres retallades.

–Ja ho veig –va dir–. Els feu a classe d'art?

–Són de debò!

–Entesos. Doncs aneu a la policia. Teniu una gendarmeria a dos-cents metres. Rue Fessart. De res.

Anava a tancar la porta, però el Víctor, que no havia trigat gens a fer-se una idea del personatge, li va mostrar dos bitllets de 50 euros.

–Cent euros si ens escolta –li va proposar.

–Només escoltar?

–Només.

–D'acord.

Va obrir la porta i ens va fer una reverència aparatosa.

–Poden passar al meu humil despatx, senyors –va dir.

Més que un despatx, semblava la botiga més cutre i plena de pols i d'andròmines d'uns encants o *marchés aux puces*, que en diuen a París. Estava a penes il·luminat per la llum que es colava per unes gelosies mig tancades. Pel que fa a antiguitats, hi havia de tot: estatuetes diverses, un ullal d'elefant, una mena d'escut bantú amb un joc de llances, una màquina del milió, estels del Tibet, catifes del Marroc, màscares de tota mena, maniquins nus o maniquins disfressats, joguines mecàniques i un munt de jocs d'escacs amb peces rares. Però, contrastant molt amb la resta, hi havia un racó del despatx dedicat a l'alta tecnologia: tres ordinadors, dues pantalles de plasma, càmeres amb teleobjectiu, tauletes, micròfons direccionals dels que utilitza la CIA a les pel·lis, telèfons mòbils i un munt d'aparells que el Víctor va identificar com a equips de gamma alta per a la pirateria informàtica.

–Us agrada? –va preguntar–. Seieu aquí.

Va apartar llibres i papers d'un sofà i va seure en una butaca davant nostre. Sobre una tauleta baixa hi havia un curiós joc d'escacs de *Star Wars*: amb negres, el rei era l'Emperador i la reina, el Darth Vader. Amb blanques, el rei era el Luke Skywalker i la reina, la princesa Leia. L'R2D2, el robot, era un cavall.

–T'agraden els escacs? –va preguntar el Lutin.

–Molt –va respondre el Víctor.

–Doncs farem una partideta mentre m'expliqueu el cas.

Va disposar les peces. Es va quedar amb les negres.

–M'agrada el costat fosc –va declarar–. I ara, us escolto.

Vaig començar la narració ordenada dels esdeveniments. Li vaig lliurar l'anònim, que va despatxar amb una ganyota burleta. Després, ja va mostrar més interès pels anònims rebuts per SMS i per correu. Va tocar algunes tecles intentant desxifrar el que s'amagava rere els números i els remitents ocults, però sense èxit.

–És curiós –va comentar–. La tecnologia per als números i els remitents ocults no és trivial. Utilitzar-la no està a l'abast de qualsevol.

–A més, ens segueixen –vaig afegir.

–Qui?

–Un paio que hi havia fora. Recolzat contra un arbre.

–N'esteu segurs?

–Sí. Hem donat un tomb pel parc per comprovar-ho.

–No deu ser gaire bo, si ho heu notat. O potser és que volen acollonir-vos. On era?

L'hi vaig explicar. El Lutin va obrir un parell de dits les gelosies d'una finestra i va observar l'exterior. El paio havia desaparegut.

–Però abans hi era! –va exclamar el Víctor–. Ho juro!

–No juris tant i estigues per la partida d'escacs –va replicar el Lutin–. Em cruspeixo l'R2D2 amb un peó, o sigui un soldat clon de l'Imperi. Entesos? I seguim. Accepto que hi ha indicis que alguna cosa ha passat amb els vostres pares. Però abans de continuar, cal aclarir un detall essencial: el mòbil.

–Què vol dir?

–Que si se segresta algú, cal que hi hagi un mòbil. Una causa. Un objectiu.

–Voldran demanar un rescat –vaig aventurar.

–Això ja no es fa així. Fa almenys vint anys que a París no hi ha cap segrest per motius econòmics. I en el cas dels vostres pares tampoc encaixaria. No us allotjaríeu en un lloc com aquest si fóssiu milionaris. M'equivoco?

–No.

–Aleshores, cal que hi hagi un altre motiu. En què treballen?

–Són advocats.

–Entesos. Advocats. Porten casos penals?

–No l'entenc.

–Penals significa relacionats amb crims: assassinats, robatoris, atracaments a mà armada, estafes, bandes de gàngsters, narcotraficants, etcètera.

–No, no –vaig respondre–. S'ocupen de la part més avorrida de l'advocacia: el dret administratiu. Només tracten qüestions relacionades amb l'administració: ministeris, ajuntaments i coses similars.

–Tenen tractes amb polítics? Algun lligam amb una trama de corrupció, per exemple? Segons la premsa francesa, l'estat espanyol és el país més corrupte del planeta, després de Corea del Nord.

–No. Treballen en casos senzills i modestos. No han sortit mai als diaris.

En aquest punt, el Víctor, amb un somriure d'orella a orella, es va cruspir la reina Darth Vader del Lutin amb el Capità Han Solo. Però el Lutin, impertèrrit, va prosseguir:

–Doncs l'origen del problema ha de ser a París. Recordeu el que ha passat des de la vostra arribada. Expliqueu-m'ho tot. La clau pot estar en un detall sense importància aparent.

Vaig explicar tota mena d'anècdotes dels nostres primers dos dies a París. Quan vaig arribar al cop d'estat a Guatemala, l'Arsène Lutin es va quedar quiet i em va fitar:

–I els propietaris del pis són d'origen guatemalenc? Segur?

–Totalment.

L'Arsène Lutin va seure davant d'un ordinador, i es va connectar a la web de *Le Monde*. Hi havia noves notícies al voltant del cop d'estat. Pel que sembla, l'expresident Otto Pérez estava en parador desconegut, hi havia manifestacions de protesta en algunes ciutats del país i s'insinuaven atemptats d'alguns grups opositors. Va somriure.

–Ja ho tinc –va dir.

El Víctor i jo vam arronsar les espatlles, perplexos.

–És un cas poc freqüent –va afegir–. El que anomeno un «Perseguit per la mort».

–Un, què?

–Molt senzill. Els vostres pares han patit una confusió similar a la del protagonista d'una pel·lícula titulada *Perseguit per la mort*. L'heu vista?

–No.

–Ah! –va sospirar–. Quanta incultura, al món! Com que una imatge val més que mil paraules, ara veureu l'escena. Poseu-vos còmodes.

Lutin va anar a un prestatge, va agafar un DVD i va posar el principi de *Perseguit per la mort.*

–Fixeu-vos-hi –va explicar–. El protagonista és el Cary Grant. És un executiu de publicitat que treballa a Nova York. Porta una vida monòtona i avorrida, i no ha tingut mai cap aventura ni té res a veure amb espies. Però tot pot canviar per culpa d'un equívoc. Per una confusió absurda...

L'Arsène Lutin va callar i ens va deixar amb la pel·lícula. Anava així:

El Cary Grant entra en un hotel molt luxós. Va directe al bar, on l'esperen tres executius com ell. Parlen de negocis. Però el Cary Grant recorda que ha d'enviar una nota a la seva mare. I llavors, simultàniament, passen dues coses:

Una. Al fons, un cambrer demana: «George Kaplan. Si us plau, el senyor George Kaplan».

Dos. El Cary Grant crida a aquest mateix cambrer per lliurar-li una nota per a la seva mare.

A l'entrada del bar, hi ha dos paios d'aspecte sospitós que han seguit l'escena al detall. Aleshores, el Cary Grant s'aixeca per sortir. A la porta, els dos paios l'aturen i l'agafen, ja que l'han confós amb un espia anomenat George Kaplan. Un dels paios amenaça el Cary Grant amb una pistola. I se l'emporten, segrestat.

L'Arsène Lutin va aturar la projecció i es va tombar cap a nosaltres.

–Ho heu pescat? –ens va dir.

–No –va dir el Víctor.

–M'imagino una escena semblant a aquesta –va afegir el Lutin–. Tenim un matrimoni de mitjana edat, els senyors Peris, que porten una vida plàcida i no s'han ficat mai en embolics. De vacances, fan un intercanvi i s'allotgen a casa dels senyors Mario Gómez i Pamela Martín, guatemalencs residents a París, més o menys ficats en política. Hi ha un cop d'estat a Guatemala. Un parell de pinxos d'un partit polític X, agents secrets de Guatemala o alguna cosa semblant, reben ordres de segrestar Mario Gómez i

Pamela Martín. Es planten davant la casa de la rue Manin. Durant un dia, els observen. Els veuen entrar i sortir. Però els pinxos no saben que, en realitat, estan observant els senyors Peris, que no tenen res a veure amb Guatemala. Em seguiu?

Jo vaig assentir. El Víctor, bocabadat, va fer un moviment amb els escacs amb el Luke Skywalker.

–Els paios de Guatemala –va prosseguir el Lutin– veuen sortir els vostres pares de nit. Van a un restaurant i sopen una fondue a la llum de les espelmes. Surten. Els assalten els dos pinxos. Els vostres pares no ofereixen gaire resistència. Els amenacen amb una pistola i els obliguen a pujar a un cotxe. Els vostres pares protesten: ells no són Mario Gómez ni Pamela Martín. Ensenyen els passaports per demostrar-ho. Però els agents guatemalencs no se'ls creuen, perquè en el món dels espies és corrent la falsificació de passaports. Per tant, el cotxe amb els pares segrestats fuig i es perd en la nit parisenca... Fins ara.

El Lutin va somriure, va observar el tauler d'escacs i va fer caure el seu rei, l'Emperador.

–M'has guanyat, noi –va dir.

El Víctor va fer que sí, silenciós. Jo també. Com a jugador d'escacs, l'Arsène Lutin devia ser bastant dolent, si fins i tot perdia amb el Víctor, però, com a detectiu, les seves deduccions eren més que bones. Eren brillants.

4

Cop d'estat a Guatemala

–Molt bé, senyor Lutin –vaig dir–. M'ha quedat clar això de *Perseguit per la mort*.

–Ho celebro.

–Però, i ara, què fem?

–Continuar, esclar –va assenyalar el Lutin–. Tenim unes pistes i una hipòtesi. El pas següent és buscar més pistes que corroborin la hipòtesi.

–Així doncs –va intervenir el Víctor–, agafa el cas?

–Sí, amb matisos legals. Us prepararé un projecte de contracte per demà. Me'l signeu, encara que sigueu menors d'edat, perquè hi faré constar un motiu de força major: els vostres tutors han desaparegut.

Vaig sospirar, alleujada, i fins i tot em vaig notar una llagrimeta.

–Gràcies, senyor Lutin –vaig dir–. Li agraeixo...

Però el Lutin em va tallar, amb la seva rialleta de follet entremaliat.

–Ara que m'heu contractat, establirem dues normes. Primera, deixeu de dir-me senyor. Lutin, a seques. Segona, descobrireu que l'Arsène Lutin és el detectiu especialista en bromes, perquè l'Arsène Lutin sap que la millor manera de treballar és fer-ho de bon humor. Ni cares llargues, ni pensaments ombrívols. Sigueu optimistes, perquè el contrari no serveix de res. Queda clar?

–Claríssim –va respondre el Víctor.

De seguida vaig notar que el meu germà connectava plenament amb el Lutin. Ell sempre ha tingut tendència a la frivolitat i el desvergonyiment. Jo, en canvi, m'assemblo més als pares: tendeixo a prendre-m'ho tot massa seriosament. I el Lutin, que era un veritable geni per captar la psicologia de la gent, ho va detectar.

–Relaxa't, Marta –ev va dir–. No fos cas que morissis d'un atac de serietat!

I va amollar una riallada. Em sentia vagament ofesa però, qui podria enfadar-se amb un paio tan divertit?

–Pugem al vostre pis –va afegir–. A veure què hi trobem sobre aquests guatemalencs.

Vam esperar tranquil·lament davant de l'ascensor i vam pujar. El Lutin va recórrer el pis de forma metòdica i es va aturar davant del mapa de Guatemala. Després va escorcollar a consciència tots els calaixos de tots els mobles, armaris i escriptoris de la casa. Hi havia de tot: des de fulletons turístics de Guatemala fins a cartes manuscrites procedents d'Antigua, postals, cartes de bancs, factures, papers legals i fotocòpies de documents diversos.

–Molt bé –va resumir el Lutin–. Ja tenim còpies dels passaports de Mario Gómez i Pamela Martín. En efecte, són guatemalencs. Tenim el seu número de passaport, la data de naixement i totes les seves dades.

–I de què ens serveixen?

–Ja ho veurem. El primer és analitzar tota aquesta documentació per fer-nos una idea de qui són Mario Gómez i Pamela Martín, i fins a quin punt estan implicats en la política de Guatemala, o fins i tot en el seu govern.

–En el govern?

–No se sap mai. Podrien ser espies, per exemple. O, almenys, col·laborar amb els serveis d'Informació de l'ambaixada de Guatemala a París. Això és habitual entre els estrangers. Però d'això ja en parlarem. Us ocupareu de tot això, mentre jo torno al meu despatx...

El Víctor i jo vam protestar.

–No em contracteu en exclusiva, nois –va replicar el Lutin–. Estic molt enfeinat. Tinc altres casos entre mans.

–Tan urgents com aquest? –va demanar el Víctor.

–Com a mínim. Voleu saber en què treballa un detectiu de debò?

–Sí.

–En res que sigui gaire espectacular –va explicar el Lutin seient en una butaca–. A les pel·lícules surten casos amb robatoris inversemblants i assassinats complicats, però això és raríssim. També hi apareixen els detectius que es dediquen a espiar marits o esposes que posen les banyes als seus respectius cònjuges, però jo soc d'una altra especialitat.

–De quina?

–Empreses. M'ha contractat una distribuïdora de productes d'informàtica, diguem A, per espiar un dels seus treballadors, diguem-li X. Fa un mes que està de baixa per problemes de salut. Segons l'informe mèdic té lumbàlgia i no pot conduir ni carregar paquets. Però és molt fàcil fingir malalties. No heu posat mai el termòmetre al costat d'una bombeta per simular que teniu febre?

El Víctor i jo vam callar i vam somriure.

–Ja ho pesco. La Marta no i el Víctor sí. Bé: doncs els adults fan el mateix. He descobert que, mentre cobra la baixa de l'empresa A, també cobra d'una empresa competidora, B, per distribuir material informàtic. Increïble, oi? He aconseguit unes fotos fantàstiques i li caurà el pèl.

–Així, ja ha acabat, oi?

–No. Paral·lelament, vaig entrar en contacte amb el comitè d'empresa de l'empresa A i un sindicalista em va explicar que un dels directius, diguem-li Y, s'ha estat omplint les butxaques amb els fons de promoció i formació. El sindicalista creu que la pasta està en un banc suís. Però ell no té mitjans per esbrinar-ho. Qui s'ocupa del pollastre? Jo, l'Arsène Lutin, prestigiós *hacker* i especialista en secret bancari internacional. Estic a punt d'enxampar l'empresari Y amb tres milions a Suïssa...

–Aquests dos casos em semblen estranys –vaig comentar.

–Per què?

–Perquè, en un, vostè actua contra un treballador. I en l'altre, contra un empresari.

–I?

–Bé: segons els meus pares, o dones suport als treballadors o estàs a favor dels empresaris.

–De debò? –va respondre el Lutin rient–. No, és estrany, sinó coherent: cal perseguir els dolents, siguin on siguin, i solen ser a tot arreu. Oi?

–Suposo.

–A més, és divertit. Tens res en contra de la diversió?

–No –vaig respondre avergonyida.

–Doncs us posaré deures. Feu deures, a Catalunya?

–Massa –va dir el Víctor.

–No tants com us en posaré jo. Establirem dues línies d'investigació prèvia. Primera: un informe complet sobre la situació política a Guatemala. Vull saber-ho tot: qui era el president enderrocat, qui l'ha eliminat, quins són els principals partits polítics, els grups d'exiliats, formacions terroristes o activistes, paramilitars... Tot! La segona: radiografia completa de Mario Gómez i Pamela Martín. Mireu-vos aquesta documentació i traieu-ne tot el que sigui interessant. Entreu al seu correu. Descobriu on treballen, què fan quan tenen temps lliure, quina música els agrada, qui són els seus amics, si es relacionen amb l'ambaixada i, sobretot, si tenen cap mena d'activitat política. Ho vull tot. Fins i tot la talla de sostenidors d'ella i la marca de calçotets d'ell! Ho fareu?

–Segur –va replicar el Víctor.

Aquí vaig intervenir jo per plantejar un problema:

–I no podríem avisar la policia?

–Seria perillós –va respondre el Lutin–. Els segrestadors són bastant professionals. Intercepten les comunicacions i us segueixen.

–Podem despistar-los.

–Però correríem riscos, insisteixo –va afegir el Lutin–. I no val la pena. Tenim un punt a favor: els segrestadors no buscaven els vostres pares, sinó el Mario Gómez i la Pamela Martín. A la llarga, s'adonaran de l'error i potser els alliberaran amb discreció. Ara bé: si se senten perseguits per la policia, poden posar-se nerviosos, i quan la gent es posa nerviosa pot cometre estupideses, entesos?

–Entesos.

–I ara, a treballar. Sincronitzem els rellotges. Són les 13.08 h. A les 17 h vull tota la info al meu despatx.

El Lutin va tocar el dos i el Víctor i jo ens vam posar les piles. Jo em vaig ocupar de l'informe sobre la política de Guatemala. Vaig ajuntar el material en un voluminós informe de més de vuitanta pàgines. Però el resum seria més o menys aquest:

Guatemala és un dels països més pobres i inestables d'Amèrica Central. La història dels seus dos últims segles és una pura desgràcia: una successió de dictadures, guerres civils i intervencions neocolonials dels Estats Units i de Rússia. Entre el 1960 i el 1996, el país va viure una guerra civil entre diferents faccions, que va costar més d'un milió de morts, el genocidi de comunitats índies, desplaçaments i exilis. El 1996 es van signar els acords de pau i va començar el període de pau més llarg mai vist, però amb una democràcia ineficient, corrupta i molt tutelada pels militars. Com a mostra, només cal analitzar els casos dels tres últims presidents elegits democràticament:

El 2004 va guanyar les eleccions un tal Óscar Berger, del partit GANA (Gran Alianza Nacional), que va ser acusat de complicitat amb el narcotràfic.

El 2008 va guanyar Álvaro Colom, de la UNE (Unión Nacional de la Esperanza), que el 2014 va intentar canviar la llei perquè la seva dona, Sandra Torres, pogués presentar-se a les eleccions i succeir-lo. La maniobra va ser denunciada per l'oposició i no va aconseguir completar-la.

Des del 2012, el president electe era el general retirat Otto Pérez Molina, del PP (Partido Patriota). Però el seu mandat havia començat malament, ja que de seguida va ser denunciat per activistes nord-americans en drets humans i l'organització índia Wagib Kej per haver participat en genocidis i tortures durant la guerra civil.

La inestabilitat del govern havia acabat dos dies abans en un cop d'estat, del qual seguia sense haver-hi gaires notícies. A Guatemala, l'única cosa clara era la confusió (oi que és una bonica paradoxa?). Ningú no sabia què estava passant. I la política del país era molt enrevessada ja que, a banda dels partits esmentats, n'hi havia d'altres com el FRG (Frente Republicano Guatemalteco), el PAN (Partido de Avanzada Nacional), el MAS (Movimiento de Acción Solidaria), la UCN (Unión del Centro Nacional) i una infinitat de grups i grupuscles. En resum, una sopa de lletres estrafolària i indigesta.

El Víctor, per la seva banda, va dur a terme la seva investigació a consciència: la Pamela Martín feia servir uns sostenidors de talla 100 i el Mario Gómez calçotets d'origen polonès i una marca desconeguda: Krakow. Va trobar algunes cartes interessants. Una d'un tal Jerónimo Mateo, de Guatemala City, deia:

«La situació d'Otto Pérez Molina com a president ha empitjorat molt en els últims mesos. No només té en contra l'esquerra i els grups en pro dels drets humans, sinó també els seus antics col·legues militars. Els generals que manen ara veuen tot aquest afer amb preocupació. Creuen que una investigació a fons de les actuacions d'Otto Pérez pot acabar revelant barbàries dels militars durant la guerra civil. Hi ha incertesa».

Aquest fragment ens donava una idea de les possibles causes del cop d'estat.

El Víctor va aconseguir també consultar els correus electrònics del Mario Gómez i la Pamela Martín. Va ser fàcil: eren dos gmails i les contrasenyes estaven guardades a l'ordinador. Va rastrejar correus de reunions polítiques on també apareixien sigles de la sopa de lletres anterior, com PP, UNE i FRG. La Pamela Martín estava vinculada al MRG (Movimiento Revolucionario de Guatemala) i rebia regularment informacions i convocatòries. Aparentment, el cap de l'MRG a París era un tal Patricio Comillas, al qual anaven dirigits molts correus.

El Víctor va investigar el Comillas i va descobrir que a París hi tenia un restaurant típic de menjar guatemalenc, anomenat El Quetzal, situat a la rue Juliette Dudou 29, prop de l'estació de Montparnasse.

5
El pla del Lutin

Vam acabar la feina a dos quarts de cinc, vam grapar els informes, vam endrapar un parell d'entrepans i vam baixar al despatx del Lutin. Però la portera ens va assenyalar amb l'escombra i ens va aturar:

–Nois! Teniu carta.

–Una altra?

Ens la va lliurar. Era un sobre semblant al de la primera, amb l'adreça escrita al damunt: «Rue Manin, 20, 4, 2».

La portera no dissimulava la curiositat amb què ens mirava. Qui serien aquests nois tan estranys que, només al cap de tres dies de fer el guiri a París, ja rebien correspondència? El meu germà i jo la vam saludar i ens vam adreçar al despatx de l'Arsène Lutin.

–L'obrim? –va preguntar el Víctor a mig passadís.

–No –vaig respondre–. Hi deu haver més pistes. Val més que ho faci el Lutin.

Vam trucar. Va trigar un parell de minuts a obrir i ens vam endur una sorpresa. El Lutin abava disfressat: vestia una elegant americana grisa, camisa blanca impecable amb llacet verd maragda i... una perruca rossa! Vam haver de mirar-lo un parell de cops per reconeixe'l.

–Passeu, nois, i seieu. Aquí.

Vam seure en un parell de butaques i el Lutin es va tornar a situar darrere la taula del despatx. Va intercanviar un parell de frases en veu molt baixa amb un paio una mica geperut, d'aspecte furtiu i patibulari. Tot d'una, el paio es va treure d'una capsa un feix de bitllets de 200 euros. Es va posar a comptar-los, amb calma, i en va deixar quinze sobre la taula. El Lutin va negar amb el cap amb una expressió adusta. El paio va afegir-hi cinc bitllets. Aquest cop, el Lutin va somriure, es va embutxacar el feix, es va aixecar i va xocar-li la mà al geperut. Llavors el va acompanyar a la porta i em vaig adonar que no parlaven en francès: és per això que no hi havia pescat res de la conversa. Tampoc no enraonaven en anglès ni en alemany. Quina llengua era? Rus? Polonès? Hongarès?

El Lutin va seure davant nostre, al sofà.

–La vostra cara és tot un poema, nois –va dir–. Què passa?

No vam respondre. El Lutin va continuar, rient:

–Oi que vaig elegant? Us dec una explicació: el geperut que acaba de marxar és un corredor d'apostes. Un dels més ben informats de París. Té bons contactes. Però no tants com jo. Abans d'ahir vaig fer una aposta forta a l'hipòdrom de Longchamp. El cavall Mistral reapareixia després d'una lesió d'un any i ningú donava ni mig euro per ell. Tret del meu contacte a les quadres i jo, esclar. Quatre mil d'una tacada. No està malament, oi?

Seguíem sense respondre.

–Ah, ja m'ho imagino! –va afegir–. Segur que penseu que el joc és cosa de degenerats. Doncs us queda molt per aprendre. O sigui que en marxa. Què hi ha, de nou?

–Un altre anònim –vaig dir.

El Lutin va agafar el sobre i el va sospesar.

–No l'heu obert. Excel·lent. Aviam. Una altra vegada les lletres retallades. Mireu. Diu:

«Sabem que heu anat a veure el detectiu. D'acord. Però la policia n'ha de quedar al marge».

L'Arsène Lutin va girar l'anònim del dret i del revés i el va estudiar amb una lupa

–Bé, aprenents de detectius –va dir–. Què en deduïu, de tot això?

El Víctor va dubtar.

–Jo. Crec que... Pel sobre... –va començar.

I va callar. Jo no sabia què dir i vaig preferir no badar boca. El Lutin ens va mirar amb aspecte tot divertit.

–Molt bé! –va exclamar–. No se'n dedueix absolutament res, perquè per ara no tenim ni idea del que està passant. I ara, heu fet els deures?

Li vam passar els informes. Els va fullejar breument, ens va formular un parell de preguntes i els va apartar amb un badall que m'hauria ofès si no fos perquè era impossible ofendre's amb el Lutin.

–No són gran cosa –va explicar–, però es confirma la tesi de *Perseguit per la mort*. I ara, anem al gra. Víctor, fem una altra partida d'escacs?

–Sí.

–Doncs prepara les peces. Avui em toquen blanques. Vull la Princesa Leia. I tu, Marta, tens paper i boli?

–Per descomptat.

El Lutin va fer el primer moviment de la partida i jo vaig obrir el bloc i preparada per prendre notes.

–I ara –va dir el Lutin–, és hora de planificar la nostra investigació. I aprofitaré per donar-vos algunes classes de com fer de detectius a París. Us ve de gust?

–Esclar.

–Per ser detectius, el primer pas és pensar. Cal identificar els caps per lligar i les pistes a seguir. Alguna idea?

–Podem rastrejar els missatges que ens han enviat els segrestadors –va suggerir el Víctor.

–Rastrejar-los? –va replicar el Lutin–. Els correus o els SMS venen de números ocults o adreces falses. I dels anònims amb lletres no se'n pot treure res.

–Sí –va dir el Víctor–. Algú els ha portat en mà a la portera, oi?

El Lutin va exclamar:

–Exacte! Així m'agrada. Que us espavileu. Marta, pren nota. Punt Número 1. Esbrinar qui ha portat els dos anònims. Aconseguir-ne una descripció detallada. Intentar identificar-lo. Localitzar-lo. Fer-lo parlar. Ho tens?

–Ho tinc.

–I ara, més coses. Us escolto.

–També tenim... –vaig apuntar– l'esbirro que ens seguia aquest matí.

–Continua.

–Igual que el missatger. Caldrà saber qui és, saber per a qui treballa. Podríem seguir-lo i esbrinar com es diu i on viu...

–Gran idea –va afirmar el Lutin–. El convertireu en el Seguidor Seguit. Anota-ho. Punt Número 2. Què més?

–El restaurant –va dir el Víctor–. Els pares van sortir a sopar i no van tornar.

–On?

–No ho van dir. Només sabem que era pel barri.

–Punt Número 3, Marta. Recorreu els restaurants del barri i esbrineu on van sopar. Segur que us cal una foto perquè els cambrers els identifiquin. Cal saber si va passar res d'anormal durant el sopar, si van parlar amb algú i quina direcció van seguir després. Més coses.

Aquí, el Víctor i jo ens vam quedar en blanc. El Lutin va fer el seu moviment d'escacs i va continuar:

–Esteu en baixa forma, nois. Sort que al gran Arsène Lutin no se li escapa cap detall. Anota. Punt Número 4: el Patricio Comillas, el cap de l'MRG, Movimiento Revolucionario de Guatemala. Sabeu que tenia relació amb la Pamela Martín i el Mario Gómez. Caldrà fer-li una visita i treure-li informació.

–Com? Li demanem una cita per correu electrònic?

–No! Recordeu que els segrestadors controlen el correu. Haureu de buscar-lo en aquest restaurant... Com es diu? Quetzal?

–Sí. Però si el nostre guardià ens segueix –va objectar el Víctor–, ho sabran igualment.

–No, perquè us diré com despistar-lo. Res més? Bé, en tenim prou per començar a treballar. Formarem un bon equip: tenim tots els ingredients per reeixir. Marta: tu seràs la Pensadora. Et costa decidir-te i tendeixes a dispersar-te, però penses amb ordre. Víctor: tu seràs l'Executor. Acostumes a precipitar-te i xerrar més del compte, però quan hi ha feina, la fas ràpid. Què tal?

–Bé –vaig acceptar, meravellada de la rapidesa amb què el Lutin havia estat capaç de traçar els nostres retrats.

–Bé –va confirmar el Víctor–. Però som un equip. Tu, què seràs?

–El Cap, esclar!

El Víctor i jo vam riure. Començàvem a captar la peculiar manera de funcionar del Lutin. Era oposada a la dels nostres pares, molt més seriosa i quadriculada, però ens agradava. Amb el Lutin, la clau raïa a trobar el costat còmic a qualsevol situació. El Víctor i jo ens vam mirar, ens vam picar l'ullet i ens vam entendre a l'instant. Ens vam aixecar i vam saludar militarment ben ferms, com els reclutes de les pel·lícules americanes.

–A les seves ordres, senyor! –vaig exclamar.

–Senyor, sí, senyor! –va afegir el Víctor.

El Lutin ens va tornar la salutació militar.

–Descansin, senyors –va fer.

–Senyor, sí, senyor! –vam respondre, i vam seure a les butaques.

–Perfecte. I ara, senyors –va explicar el Lutin, contagiat del nostre esperit de pel·lícula militar–, posarem en marxa l'operació. Nom en clau Operació Guate 7. Entesos?

–Senyor, sí, senyor!

–Començarem aquesta tarda, amb dos objectius. Punt Número 2: identificar el subjecte que els segueix. Punt Número 3: investigar el restaurant on van sopar els seus pares. Els farà falta una mica de tecnologia. Vinguin amb mi!

El Lutin va obrir un armari ple d'aparells electrònics de tota mena, alguns desfasats i altres de tecnologia tan d'última generació que només els havíem vist en pel·lícules, com ara unes ulleres de visió nocturna. Després de remenar una bona estona, el Lutin va treure'n una càmera de fotos, tan petita que cabia al palmell de la mà.

–Avui utilitzareu aquest *gadget*.

–*Gadget*? –va respondre el Víctor–. Però si és una càmera de fotos més aviat barata!

–Això és el que diu l'Executor –va replicar el Lutin–. Què n'opina, la Pensadora?

–Que no és el que sembla.

–En efecte. És un tipus de càmera molt utilitzada en seguiments. Sembla apropiada per a fotos tipus Instagram, però amaga un teleobjectiu molt potent. Fem la prova. Agafa-la, Víctor. Jo em situo a l'altre extrem de la sala. Ara juga una mica...

Víctor va manejar ràpid la càmera.

–Ja ho tinc! –va exclamar

–I ara, fes-me una foto de primer pla.

–De seguida.

El Víctor va fer la fotografia. Vam endollar la càmera a l'ordinador i vam veure el resultat: amb el teleobjectiu ocult, a deu metres de distància, havia tret un primer pla del Lutin, amb una definició altíssima.

–N'aprens ràpid, Executor –va dir el Lutin seient i movent l'R2D2 a la partida d'escacs–. El pla és que, si el paio us segueix, li feu una foto sense que se n'adoni. Jo tinc contactes a la policia: intentaré esbrinar qui és. Si no funcionés, demà intentaríem obtenir les seves empremtes digitals...

El Víctor va fer un moviment a la partida. L'Arsène Lutin va tirar el seu rei.

–Una altra vegada m'has guanyat, noi!

Com a jugador d'escacs era un desastre però, com a detectiu... Era un fora de sèrie!

6
Barba grisa i gorra vermella

En aquest punt, la influència benèfica de l'Arsène Lutin havia obrat el miracle: el Víctor i jo, que a penes unes hores abans estàvem angoixats i espantats, ens havíem convertit en intrèpids aprenents de detectius privats. El canvi va ser evident pel que feia al paio que ens seguia. No només no li teníem por, sinó que fins i tot ens feia il·lusió enganyar-lo per fer-li una foto.

Vam treure el cap al portal de la rue Manin i el vam localitzar, recolzat a l'arbre. Portava els mateixos texans i la mateixa camisa hawaiana que al matí, però ja no tenia un llibret de passatemps a les mans, sinó que llegia un diari: *Le Figaro*. El Víctor i jo li vam passar pel costat sense mirar-lo, vam resseguir la reixa del parc Buttes-Chaumont i hi vam entrar per una avinguda de grava, a l'ombra dels til·lers. El paio anava darrere nostre, sense dissimular.

–Com ho fem? –va preguntar el Víctor.

–Dispara tu, que ets l'informàtic.

–L'Executor.

–Bé, doncs l'Executor. Jo m'hi poso i tu fas la foto.

–On ho fem?

–Pugem al llac amb la cascada. Està ple de turistes i no serà sospitós.

Vam pujar diversos trams de graons de pedra fins a arribar al llac. Jo em vaig posar vora la cascada i vam esperar que el Paio (a partir d'ara ho escriuré, així, amb majúscula) se m'acostés. Jo em vaig apropar al vapor d'aigua mentre el Víctor deambulava entre les barques a rems. El Paio va seure en un banc a menys de quinze metres de la barana on jo em recolzava. Li vaig fer un senyal al Víctor. El senyal de la Pensadora. L'Executor ho va entendre. Va tornar cap a la catarata, va agafar la càmera de forma ostensible i vam començar a xerrar i a riure. El Víctor em va apuntar amb la càmera, com a mínim, ho feia veure. Jo sabia que el teleobjectiu amagat es dirigia a la cara del Paio, que mastegava xiclet, submergit en la lectura del diari.

En un parell de minuts, el Víctor se'm va posar al costat.

–Què tal? –vaig murmurar.

–Perfecte. Almenys he fet mitja dotzena de primers plans nítids. Guaita.

Em va mostrar les imatges a la pantalla de la càmera.

–I no sospita res.

–I ara, què fem?

–Anem als restaurants!

Vam recórrer sistemàticament, amb l'ajuda d'un plànol del barri, els locals de la zona on servien fondues de formatge, un detall que excloïa els restaurants indis, pakistanesos, italians, xinesos i turcs. La conclusió era estranya: la celebradíssima cuina francesa tenia escassa presència a París. En qualsevol cas, l'abundància de locals exòtics ens va facilitar la feina i, després de quatre intents, vam fer diana en una braseria anomenada Mignon, de la rue Revebal, on el cuiner va reconèixer la foto dels nostres pares.

–Sí, els he vist –va dir.

–Quan?

–Ahir a la nit.

Èxit total. El cuiner era un home de mitjana edat, calb i molt gros, que duia una bata greixosa. En aquell moment, salava un parell de costelles fumejant a la graella.

–Sap a quina hora?

–Cap a les nou. El local estava ple.

El cuiner ens va mirar de reüll i va arrufar les celles.

–Què és això? –va dir–. Un interrogatori?

–No –vaig contestar–. És...

Em vaig quedar tallada. Per sort, el Víctor va ajudar-me amb una de les seves típiques improvisacions, sovint desgavellades, però també útils.

–És un joc –va explicar–. Com una gimcana a París, ho entén?

–No.

–Aquests senyors són els nostres pares.

El cuiner es va gratar el clatell.

–Sigui com sigui, no sé res més –va dir–. Els va servir el Hamid, el cambrer del torn de nit. Pregunteu-l'hi a ell.

–On és?

–Veniu cap a les set.

Vam tornar a casa per passar l'estona i vam notar que el Paio havia deixat de seguir-nos. Segurament entenia el sentit de les nostres investigacions als restaurants i no li compensava mantenir la vigilància. Vam tornar a l'hora indicada a la braseria Mignon i de seguida vam veure el Hamid. Era el típic magribí prim, amb bigoti fi, de nas aguilenc i pell solcada d'arrugues finíssimes.

–Sí, van venir ahir –va dir mirant les fotos.

–Pot explicar-nos-en res més?

El Hamid ens va fitar amb desconfiança i el Víctor li va repetir el rotllo de les gimcanes dels guiris a París.

–Van arribar cap a dos quarts –va explicar el cambrer–. Van demanar una fondue de formatge amb una ampolla de Borgonya. Estaven molt contents, perquè se la van beure sencera i van seguir amb un Beaujolais. Feien broma i reien, repassant uns papers manuscrits, on afegien o esborraven frases.

–Van parlar amb algú?

–Sí, esclar. Quan ja feien els cafès, cap a les deu, va aparèixer un individu estrany que va seure a una taula del costat. Van començar a xerrar, i l'individu va acabar assegut a la seva taula.

–Per què «estrany»? Com era?

–Tenia els cabells llargs i grisos, barba també grisa i feia servir unes ulleres antigues, amb muntura de carei. El que cridava més l'atenció és que duia una gorra de beisbol vermella. D'un vermell molt viu.

L'interrogatori ens estava sortint molt bé. A més, enteníem perfectament el Hamid, perquè el seu francès era tan dolent com el nostre. Quan aprens una llengua estrangera, el millor és practicar amb altres estrangers, els de la confraria dels Jo-També-Parlo-Fatal-I-Per-Això-Se-M'entén. En canvi, als pedants i insofribles parisencs de soca-rel no hi ha qui els entengui cap frase: sempre parlen com si tinguessin la boca plena.

–L'havia vist abans, al paio de la gorra?

–Mai –va respondre Hamid–. Dubto que sigui del barri. A més, enraonava amb un accent estrany. Estranger.

–D'on?

–No sabria dir-ho. Italià, potser.

–No podia ser espanyol?

–És possible –va concedir arronsant les espatlles–. El que vaig observar és que tenia la pell molt bruna.

–Com un sud-americà?

–Podria ser.

Les peces del trencaclosques començaven a encaixar.

–I fins a quin hora es van quedar? –va preguntar el Víctor.

–Fins que vam tancar, a dos quarts de dotze. La tertúlia va ser animada, perquè fins i tot els d'una altra taula es van queixar de l'escàndol que feien amb tantes rialles.

–De què feien broma?

–No m'hi vaig fixar. Però en algun moment vaig entendre que dels polítics. Els caricaturitzaven o els imitaven. Van prendre cafès, uns conyacs i van marxar. Es van passar una bona estona enraonant a la porta.

–I a on van anar després?

–Ni idea.

–Van marxar junts?

–No ho vaig veure –va explicar el Hamid–, però tenint en compte el bon rotllo que tenien i com reien, és possible que seguissin la ronda. Els restaurants tanquen aviat, però al barri hi ha dos o tres pubs i una sala de ball amb música llatina, Le Pigeon. No m'estranyaria que acabessin allà, perquè a moltes dones els agrada ballar després de beure unes copes.

–*Le Pigeon*? On queda?

–A uns cinc-cents metres. Rue des Envierges.

El Víctor i jo vam intercanviar una mirada de coincidència: Le Pigeon, que vam imaginar amb una orquestra de les que toquen salsa cubana o boleros de l'any de la picor, era exactament la mena de local on la mare estaria encantada d'arrossegar el pare, encara que només fos perquè el pare la trepitgés ballant, amb l'elegància d'un ànec, rumbes i txa-txa-txas.

El local era en una cantonada, anunciat per dos cartells de neó: en un s'hi llegia «Le Pigeon», amb la lletra *P* dibuixant un colom, i a l'altre hi apareixien tots els tòpics per a francesos dels suposats paradisos caribenys; una palmera, una copa de mojito i un sol resplendent. La porta era en un semisoterrani al qual s'accedia per una escaleta. Hi vam baixar, vam ajustar la porta i va aparèixer la cara d'un negre amb un vistós pírcing daurat al nas. Després de la cara, va aparèixer el negre sencer, que feia dos metres d'altura i segurament els mateixos d'amplada.

–On aneu, nens?

Com que parlava fatal el francès, el vam entendre a la perfecció, especialment el despectiu «nens».

–A ballar, amic –va respondre el Víctor sense tallar-se.

–A ballar, a la llar d'infants –va replicar el gegant–. Música de pel·lis de Walt Disney.

–Què s'ha cregut? Tinc divuit anys. I ella és la meva nòvia.

Em va abraçar i em va fer un petó a la galta. Jo vaig deixar caure les parpelles de manera seductora, al més pur estil Shakira. Però va ser inútil: potser el goril·la negre preferia les caigudes de parpella de la Rihanna.

–Els passaports –va bordar.

–No els portem al damunt.

–Doncs foteu el camp.

No ens vam moure. El goril·la es va arromangar una mica la camisa i vam endevinar uns bíceps com cuixes.

–D'acord, amic –va recular el Víctor–. Però ja saps el que deia Arnold Schwarzenegger a *Terminator*, oi?

–No. No ho sé.

–Tornaré!

No va copsar la broma. Sense ni tan sols somriure, ens va tancar la porta als nassos. Mentre tornàvem a la rue Manin pels carrers silenciosos de París, vaig pensar que, si ser detectiu és un ofici difícil per a paios durs i bregats, era gairebé missió impossible per a una noia de quinze anys i el seu germà de catorze.

–Caldrà demanar ajuda –li vaig comentar–. L'Arsène Lutin no tindrà dificultats per entrar-hi.

–Ni per ficar-nos-hi –va afegir Víctor.

–No et rendeixes, oi?

–Quan jo dic que tornaré, és que tornaré.

Un cop a casa, ens vam posar el pijama, ens vam ficar al llit i ens vam quedar una bona estona mirant el sostre, desvetllats. El dia havia estat llarguíssim, i ens amoïnava el destí dels nostres pares.

–Saps què crec? –vaig dir–. Que aquest segrest acabarà de seguida.

–Per què?

–Ho ha explicat el Lutin. És un error. Els segrestadors acabaran per adonar-se'n.

–Tant de bo!

El Víctor va sospirar i vaig endevinar el que pensava, perquè era el mateix que pensava jo i no m'atrevia a dir-ho en veu alta: que quan es descobrís l'error, els pares potser en sabrien massa sobre els seus segrestadors.

–Sort que hem trobat l'Arsène Lutin –vaig declarar per neutralitzar els mals pensaments.

–Sort.

–Els salvarem. Segur –vaig afegir.

–I, a sobre, aprendrem a ser detectius –va afirmar el Víctor–. Crec que ho faré bé. Tu saps què cal estudiar, per fer de detectiu?

–Ni idea.

–L'hi preguntaré demà al Lutin.

De mica en mica em vaig anar calmant i, quan vaig voler adonar-me'n, ja estava somiant. Caminava per un prat verd per on s'escampaven rierols i, de sobte, des de tot arreu, apareixien una pila de Lutins. Lutins, és a dir, «follets». Follets riallers i amables que se m'acostaven, em preparaven un llit tovet i m'amanyagaven per al següent somni.

7
El Buca, el missatger

Però Arsène Lutin no només poblava els meus somnis. També el meu despertar. El vaig sentir cridar:

–Som-hi! Drets, dormilegues!

Vaig obrir un ull i vaig fer un bot, espantada. Tenia davant del nas una cara multicolor i monstruosa. Era un dels estels tibetans que el dia abans havia vist al despatx del Lutin! Els agitava i seguia cridant:

–Amunt, dormilegues!

Algú se'm va tirar al damunt. Com que estava tan desconcertada, vaig estar a punt d'etzibar-li un cop de puny, però de sobte vaig veure la cara d'una nena que em somreia.

–Aixeca't, Marta –em va dir.

Era una nena d'uns vuit anys, amb els cabells arrissats i metxes rosses. Una altra nena molt semblant, segurament la germana gran, assaltava el Víctor.

–Deixa que s'espavili, Brigitte –va cridar el Lutin–. I tu també, Ottilie.

El Víctor es va incorporar.

–Com dimoni ha entrat? –va preguntar.

–Forçant el pany, esclar. –El Lutin va mostrar un rossinyol.– Avui, anirem a la torre Eiffel a fer volar els estels –va afegir.

La Brigitte i l'Ottilie van saltar d'alegria.

–Iuppie! Visca el nostre papi!

El Víctor i jo ens vam mirar desconcertats. Sabíem que el Lutin era un home original, però allò semblava excessiu. Vam consultar el despertador: eren les sis de la matinada.

–Però Lutin –vaig dir–, encara és de nit.

–Per descomptat. Cal aixecar-se de nit per veure el millor espectacle que hi ha: la sortida del sol. Som-hi?

–A on?

–A la torre Eiffel. Les albades de París són les millors del món, i les de la torre Eiffel, les millors de París. Vinga, espavileu-vos!

Ens vam vestir a correcuita i vam baixar al carrer, on ens esperava l'antiquíssim Renault Clio blanc del detectiu. Vaig obrir la porta del copilot després de forcejar una bona estona, perquè estava encallada i tota abonyegada. Vaig abatre el seient i el Víctor es va col·locar al seient de darrere, amb les filles del Lutin, tan simpàtiques com el pare, que el tocaven, l'abraçaven, li feien petons i el bombardejaven amb preguntes inversemblants:

–És veritat que el sol d'Espanya no provoca càncer?

–Com es diu «Víctor» en francès?

–Es venen en carnisseries els testicles dels toros?

–Hi ha micos a Gibraltar?

–Com és que el Quixot era tan imbècil per confondre molins de vent amb gegants?

Etcètera. Jo vaig seure al davant. Vam circular per l'avinguda paral·lela al Sena amb els llums encesos. Era negra nit i no hi havia gaire trànsit. Vam aparcar a prop del riu i, mentre passejàvem en direcció als jardins del Camp de Mart, el cel es va anar tenyint de pinzellades vermelles. En pocs minuts els primers raigs de sol van tocar la cúspide de la torre Eiffel, que va emetre reflexos de color carbassa.

El Lutin portava tres enormes estels de tipus tibetà i les seves dues filles dos de multicolors, moderns i ultralleugers, de material sintètic i carcassa d'alumini.

–Amb els diners dels cavalls –va explicar el Lutin–, els he fet un regalet a les meves filles. Es van posar com unes castanyoles! Volien provar-les a l'instant. I no hi ha res com la brisa de l'alba vora el Sena: bufa molt suau, llisa i contínua. Ens divertirem!

Va sortir el sol i el matí era tebi, afable i gloriós. La Brigitte i l'Ottilie s'ho van passar pipa trotant sobre la gespa amb els seus estels avantguardistes i aerodinàmics. El Víctor i jo vam patir de mala manera per aixecar els nostres estels tibetans. En canvi, el Lutin va portar el seu més amunt que cap altre, malgrat que la carcassa de fusta pesava moltíssim. Era tot un virtuós: va cenyir amb força i va desplegar més de cent metres de fil.

–I això no és res –va explicar–. Un dia de tempesta, vaig enganxar un estel en una de les antenes de la torre Eiffel, a uns tres-cents trenta metres d'altura.

–De debò?

–Fins i tot em va perseguir la policia –va afegir rient–. M'acusaven d'interceptar programes de ràdio. Cretins!

Ens ho vam passar bomba i, cap a les nou, quan ja gairebé s'havia extingit la brisa de l'alba, ens vam cruspir un esmorzar pantagruèlic amb torrades, truites, embotits, pastissets i tota mena de pastes. Un cop amb la panxa plena, el Lutin va acompanyar les seves filles a un parc infantil i va seure amb nosaltres a planificar la jornada.

–Espero que tingueu forces –va dir.

–Anem sobrats –vaig contestar rient.

–Doncs expliqueu-me com us va anar ahir.

Li vam mostrar la foto del Paio que ens seguia. La va observar amb atenció.

–Ni idea de qui és –va comentar–. Però l'enviaré a un amic policia. Vau trobar el restaurant?

Li vam resumir el que havíem esbrinat a la braseria Mignon i la frustrada gestió amb el porter de Le Pigeon.

–Perfecte –va dir el Lutin–. Anem pel bon camí. Aquesta nit tornarem tots tres a Le Pigeon. Però, mentrestant, us queden gestions pendents. Marta, em dones els apunts?

Li vaig passar la llibreta, la va obrir i va rellegir.

–Ens queda encara el Punt Número 1: quin missatger va portar les cartes anònimes? Torneu a la rue Manin i interrogueu la portera. Es diu Sabine Dubois i sembla una savina resseca enmig d'una estepa salvatge. És tan esquerpa com un gat mesquer: compte que no us esgarrapi. Després busqueu l'home que va dur la carta i li estireu la llengua.

–I si no es deixa?

–El suqueu.

–Com?

–Teniu cinquanta euros?

–Sí.

–N'hi haurà prou. O potser no. Agafeu-ne cent, per si de cas –va dir el Lutin–. Entesos? Ens veiem al meu despatx, per exemple, a les dues. I a la tarda, Punt Número 4: localitzar el Patricio Comillas.

Vam tornar a la rue Manin en metro i ens en vam anar directes a la porteria. Madame Sabine Dubois jeia escarxofada en un sofà, enmig d'un espès embolic de cadires, taules i butaques, amb la televisió a un volum bestial. Vam picar a la porta enreixada de la porteria. Res. Vam trucar al timbre. Res. El Víctor va picar i va sacsejar la porta. Res. Quan ja estàvem desesperats, va aparèixer el carter amb la correspondència. Abans que hagués tingut temps de trucar, la Sabine Dubois ja li havia obert la porta i xerrava amb ell com si fossin amics.

Quan el carter va tocar del dos, la portera va bordar:

–I vosaltres, què voleu?

–Recorda les dues cartes que ens ha donat?

–Esclar.

–Qui les hi va entregar? –vaig preguntar.

–Per què voleu saber-ho?

–És igual. Qui va ser?

–Mmm –va dir arrufant les celles–. Tot això em sona a una jugada de l'Arsène Lutin. Oi?

–Sí.

–Doncs no us en refieu –va afegir la Sabine Dubois amb una mirada sinistra–. Aquest paio s'ho pren tot a broma!

Vaig haver de reprimir les ganes de riure.

–De debò? –vaig respondre, amb aire formal i una mica greu.

–No hi feu negocis o en sortireu escaldats. Aquest home tracta amb..., amb jugadors! És un veritable escàndol. No voldria saber la mena de gent que el visiten. De vegades, me'ls miro des d'aquí i fan por... Imagineu-vos que un dia...

Madame Dubois ens va engegar un rotllo llarguíssim i paranoic sobre el Lutin. Si no fos que el coneixíem, hauríem cregut que el detectiu era una mena d'híbrid entre el Darth Vader i l'Hannibal Lecter. La vaig deixar esbravar-se i, al final, vaig insistir en la pregunta:

–Qui li va donar les cartes?

La Sabine Dubois va somriure.

–Informació per informació –va dir–. On són els vostres pares? No els vaig veure ahir en tot el dia. Ni avui...

Jo em vaig quedar tallada i vaig notar un calfred: i si aquella harpia tafanera ho descobria tot? Però el meu germà l'Executor és un as de la improvisació.

–Han anat a un viatge organitzat de tres dies al Mont Saint-Michel –va respondre.

La portera va dubtar un moment.

–Esclar. I vosaltres aprofiteu per estar sols a París, oi? –va dir picant-me l'ullet–. Entesos. Les cartes les va portar un noi del barri. Un murri d'aquests que no estudia, ni treballa, ni fa res de res, i es passa el dia als bars, bevent, fumant, jugant i ficant-se amb les noies. Va amb una colla d'inútils com ell. Li diuen el Buca.

–On el podem trobar?

–A qualsevol cau. Especialment si té billar. N'hi ha un parell a la rue Botzaris.

No vam trobar el Buca fins al novè bar, quan ja començàvem a posar-nos nerviosos. Era un tuguri mal il·luminat per llums de neó vermells i liles. Vam preguntar pel Buca a un dels cambrers.

–El Buca? –va contestar–. Allà baix: el de la caçadora vermella. Aneu amb compte.

–Per què?

–Ha begut tres cubates i està perdent.

Al fons de la sala hi havia una escaleta que baixava a un soterrani amb una renglera de màquines escurabutxaques, un parell de dianes amb dards i tres taules de billar. Dues estaven buides i un grupet de sis joves s'aplegava al voltant de la tercera. Es corresponien plenament amb la descripció de la portera: adolescents dropos, que han fracassat en l'ensenyament obligatori, s'avorreixen i es passen el dia als bars. Vam veure el Buca a l'instant: caçadora de cuir color vermell fosc, texans gastats i tatuatges al coll i els braços.

El Víctor i jo vam seure sense badar boca i, en pocs segons, les mirades del Buca i la seva colleta ens van travesssar.

–Què fem? –vaig demanar.

–Dissimulem.

–Com?

–Jugant a billar, esclar.

El Víctor va posar un parell de monedes d'euro a la ranura i van sortir les boles del billar americà.

Les va col·locar, em va donar un pal, el guix blau, va col·locar el triangle de boles numerades i va fer el primer cop. Les boles van xocar entre elles, però no va encertar ni un forat.

–Ara et toca a tu –va xiuxiuejar.

–Què faig?

–Fàcil –va dir amb sornegueria–. Colpeja la bola blanca i fes que una de les de color es coli a un forat.

–Però si no hi he jugat mai!

–Algun dia havia de ser el primer.

No vaig encertar cap bola i em vaig posar tan nerviosa que vaig estar a punt d'esquinçar el tapís del billar. Els nostres veïns ens observaven amb posat de perdonavides i van esclatar en rialles burletes. Vaig tossir i vaig notar que m'ofegava. El meu maleït asma, com sempre, en el moment més inoportú!

El Víctor em va ajudar a seure. Vaig treure l'esprai i vaig aspirar. Quan em vaig recuperar, vaig veure davant dels nassos els ulls negres i brillants del Buca.

–Com estàs, noia? –em va dir amb una veu dolça que intentava ser seductora.

–Millor, gràcies. No me'n surto gaire bé amb el billar.

–Vols unes classes? –va afegir, més seductor encara.

Em sentia avergonyida d'haver-me posat tan nerviosa i, de cop, vaig intuir la manera de compensar el meu error. Per exercir de detectiu, havia de comportar-me de manera valenta i intrèpida. M'hi vaig llançar amb una desimboltura sorprenent.

–Bona idea –li vaig dir–. Hi ha una taula lliure.

–I ell? –va preguntar el Buca.

Assenyalava despectivament el Víctor, a qui segurament prenia pel meu nòvio.

–No t'amoïnis –li vaig respondre–. És el meu germà.

I li vaig picar l'ullet amb picardia.

–Ah! Perfecte –va dir el Buca, enganyat per la meva coqueteria.

El Víctor va entendre la jugada: es va apartar discretament i va seure vora la porta dels lavabos.

El Buca, vanitós, es va inflar com un paó. Va ficar els dos euros al billar, va col·locar les boles i va començar per explicar-me com agafar el pal.

–Saps per què em diuen Buca?

Vaig negar amb el cap.

–Ve de Bucaner. Ja saps: els bucaners eren els més llestos i astuts entre els pirates.

–N'he sentit alguna cosa.

–I els més galants amb les dames –va afegir.

Em va agafar les mans per ensenyar-me la tècnica. Armada d'un valor sobtat, el vaig deixar fer.

–Necessito un favor –li vaig dir, un cop acabada la partida.

–El que vulguis, *baby*.

–M'interessa una informació.

El Buca va arrufar les celles, desconcertat. Però va tenir prou reflexos per afegir, jugant amb la ironia:

–Em pensava que t'interessava jo.

–També –vaig respondre-li amb un somriure–. Hi ha temps per a tot, oi?

–Segons el què –va fer tallant el Buca–. Què vols?

–Ahir vas portar dues cartes anònimes al número 20 de la rue Manin. Qui te les va donar?

El Buca va riure i va deixar el pal de billar sobre la taula.

–T'equivoques d'home –va dir–. Aquests feinetes me les paguen perquè sigui discret.

–Jo puc pagar-te perquè deixis de ser-ho.

–De debò?

–Cinquanta euros.

–Per qui em prens? –va exclamar el Buca–. Amb cinquanta no en tinc ni per començar.

–Cent.

–Això ja està millor. Però tampoc no n'hi ha prou.

–T'ho pot complementar el meu número de mòbil.

El Buca va somriure i es va relaxar.

–Millores, petitona.

–Tracte fet?

–Tracte fet. Dona'm el número.

–No –vaig replicar–. Passa'm tu la informació.

–Quina confiança, oi? D'acord, tampoc no aniràs enlloc. Em va venir a veure un paio estrany i va dir que em pagaria bé per un parell d'encàrrecs.

–Un parell? Segur?

–Sí. Una feina senzillíssima. Portar unes cartes a la rue Manin, lliurar-les en mà a la portera. Em va dir que era una feina totalment legal. I és veritat: als sobres només hi havia paperots.

–Qui et va contractar?

–No ho sé. No era del barri.

–No et va donar un nom? Un telèfon?

–No res –va explicar el Buca–. Em va dir que deixaria les cartes a la barra d'aquest bar i que, quan les veiés, les hi portés immediatament. Era un paio bastant estrany. Prim, cabells i barba grisos, ulleres rodones passades de moda. I el més curiós: una gorra de beisbol vermella. Color vermell parxís.

El cor em va fer un salt. Les peces encaixaven i es confirmava la descripció del sospitós.

–Com parlava? –vaig preguntar

–Una mica estrany. Amb accent estranger. No sé si italià.

–Espanyol?

–És possible.

–Podria ser sud-americà?

–També. Tenia la pell més aviat fosca.

Em vaig quedar silenciosa i pensativa. El Buca va somriure i va agafar el seu mòbil.

–Et toca. Com et dius, noieta?

–Marta. Marta Peris. I anota. 687 245 142.

El Buca va teclejar, va guardar-se el mòbil a la butxaca i es va ajuntar amb els seus col·legues, orgullós i xerraire com el pirata que creu haver seduït la noia de la pel·lícula. Que patètics que són els *donjuanes* de pa sucat amb oli!

Suposo que aquella mateixa tarda, a Catalunya, la secretària de la Funerària Crepuscle va rebre una estranya trucada des de París.

8
Persecució en 'Bateau Mouche'

Ens vam afanyar a tornar, perquè teníem cita amb el Lutin a les dues. Pel camí, el Víctor es va inventar una nova paraula.

–Veig que t'has «lutinitzat» –va dir.

–«Lutinitzat»?

–És un neologisme útil. En un diccionari jo ho definiria així: «Lutinitzar: acte de comportar-se com el detectiu Arsène Lutin. Les persones lutinitzades tendeixen a comportaments inesperats, divertits o rocambolescos». Què tal?

–No crec que n'hi hagi per tant.

–Vinga, Marta! –va exclamar el Víctor–. A mi no m'enganyes. Ja sé com et comportes amb els nois.

–Com?

–A l'institut, quan se t'acosta un noi amb ganes de lligar, l'engegues sense contemplacions. No els concedeixes ni tan sols el primer minut de gràcia. Al Buca, en canvi, li has donat corda. Fins i tot t'hi has insinuat una mica.

–No és veritat.

–No et posis a la defensiva. No és una crítica, sinó un elogi.

Vaig callar, perquè el Víctor tenia raó. Sempre havia estat tan esquerpa amb els nois que les amigues em deien que els feia por. El Buca era el primer amb qui havia entrat en un joc de seducció, molt innocent i simple, però també eficaç. Li havia tret la informació que volia, l'havia ensarronat i l'havia enviat directe a la funerària. Cert: m'estava «lutinitzant» de pressa, i m'agradava.

Sigui com sigui, en l'art de «lutinitzar», l'Arsène Lutin era únic. Vam trucar al seu despatx, ens va obrir i ens vam endur una altra sorpresa: duia al cap un tricorni de l'estil dels que feia servir Napoleó!

–Us agrada? –va dir–. L'utilitzo per treballar.

Va seure davant de l'ordinador i es va posar a teclejar a molta velocitat.

–Sabeu on soc? A la campanya de Rússia: per això porto aquest barret. Contra el General Hivern!

–Però... Som a l'agost.

–I a París, ho sé. Dic això de la campanya de Rússia en el sentit ciberespacial. Recordeu el directiu Y, de l'empresa B, que portava els seus diners a Suïssa?

–Sí.

–Doncs l'estic seguint pel ciberespai. Ara he enxampat empreses pantalla a Rússia. La campanya s'acosta al final, senyors.

Es va treure el barret i ens va saludar com si fóssim a l'any 1810.

–I ara, expliqueu-me el que heu esbrinat –ens va dir.

Li vam resumir l'escena del billar i el Lutin va exclamar:

–El murri del Buca! El conec! Tot encaixa, i ens assenyala una nova línia d'investigació. El Buca és conegut al barri, però no fora. Si el paio de la gorra vermella li va encarregar de portar les cartes, és que algú l'hi va suggerir. Algú que coneix el barri. Teniu feina: cal que investigueu tots els guatemalencs que viuen al voltant del parc de Buttes-Chaumont...

–Tots? Però serà buscar una agulla en un paller...

–Ens has d'ajudar...

El Lutin ens va tallar amb un gest autoritari.

–Prou de rondinar. Us recordo que mano jo.

–De tota manera –vaig aventurar per guanyar temps– teníem pendent el Punt Número 4: visitar el Patricio Comillas.

–Efectivament, Pensadora –va concedir el Lutin–. On quedava el restaurant El Quetzal?

–A prop de Montparnasse –va indicar el Víctor.

–Aneu-hi, doncs. Però haureu de despistar el Paio que us vigila –va observar el Lutin–. Si el tal Comillas té alguna mena de relació amb els segrestadors, no ha de saber que seguiu aquesta pista. Seria perillós. Entesos?

–Perfectament.

–Però, com el despistem?

–Això dependrà del vostre talent de detectius, suposant que existeixi. Hi ha un sistema que és senzill. Són les tres, hora punta al metro. Agafeu un vagó que vagi molt ple i vigileu on es posa el Paio. Aleshores, aprofiteu un moment d'aglomeració per baixar del vagó i que ell no tingui temps de seguir-vos.

–Això és facilíssim! –va exclamar el Víctor.

–No us confieu. Sincronitzem els rellotges. A les set, aquí?

–A les set!

Vam sortir del despatx del Lutin, vam saludar madame Dubois i ens vam plantar davant del portal. El Paio estava assegut en un banc de fusta a l'altra banda del carrer, molt concentrat en la pantalla del seu mòbil. Ens vam posar en marxa tranquil·lament, ell ens va mirar de reüll, es va aixecar i ens va seguir.

Vam recórrer unes quantes illes de cases i vam entrar al metro a l'estació de Jaurés, de la línia taronja. El primer comboi, tal com ens havia avisat el Lutin, anava ple de gom a gom. Vam entrar en un vagó, ens vam quedar drets i vam observar com el Paio s'acomodava contra la porta de comunicació amb el vagó veí, que acostuma a estar tancada. Vam fer sis estacions. Com més ens apropàvem al centre de París, més ple anava el vagó. Camí de l'estació de la Bastilla, ja anàvem atapeïts com en una llauna de sardines: drets i sense espai per bellugar ni tan sols un braç. El Paio, al fons, havia de fer grans esforços per estirar el coll i espiar-nos sobre el mar de caps.

–Això està superplè –vaig murmurar.

–Baixem a Bastilla? –va suggerir el Víctor.

–Sí. Per sorpresa.

–Però caldrà esperar al darrer moment.

–Sí. I actuar tots dos alhora. Atenció. Al meu senyal.

El tren va frenar, va grinyolar, hi va haver les sacsejades habituals, va entrar a l'estació de Bastilla i es va aturar. Es van obrir les portes, van baixar alguns passatgers i en van pujar d'altres. Quan entraven els últims, un matrimoni de negres altíssims amb tres nenes petites, vaig donar l'ordre:

–Ara!

Ens vam llançar cap a la porta, a empentes i cops de colze, passant de les protestes d'uns i dels insults dels altres, i vam escapolir-nos per la porta just quan començaven a tancar-se. Vam sortir pels pèls. Les portes es van tancar, la locomotora va emetre un xiulet i el comboi va engegar.

–Ho hem aconseguit –vaig dir, satisfeta.

–Adeu, col·lega! –va afegir el Víctor amb un somriure.

De sobte el somriure se li va congelar als llavis. Em vaig tombar. El Paio havia aconseguit sortir i ens guaitava de fit a fit des de l'andana, immòbil, mentre els altres viatgers s'afanyaven cap als passadissos. Ens havia enxampat!

–Això ens passa per confiar-nos –vaig declarar–. El Lutin ja ens ha avisat que no seria fàcil.

–És que has cantat l'«ara» massa aviat –va contestar el Víctor.

–Si l'hagués cantat més tard, ens haurien tancat les portes.

–No és veritat. Teníem marge.

Ens vam barallar una estona, donant-nos la culpa l'un a l'altre.

–No serveix de res lamentar-se –va dir finalment l'Executor.

–Tornem a intentar-ho –va reblar-ho la Pensadora.

Vam pujar al següent comboi, amb el Paio rere nostre. Un altre cop anàvem com sardines de llauna: hi havia tanta gent que, per més sacsejades que patís el vagó, era impossible moure's.

–Ara me n'ocupo jo –va xiuxiuejar Víctor–. Entesos?

–Entesos.

Vam esperar un parell de minuts.

–On baixarem? –vaig demanar.

–A Austerlitz, a dues parades. Segur que ell no espera que tornem a intentar-ho tan aviat i l'agafarem per sorpresa. Al meu senyal?

–D'acord.

Vam esperar i vam repetir l'operació de la Bastilla. Ens vam barallar amb mig vagó i ens vam plantar a l'andana. Però vam tornar a fracassar: el Paio ens vigilava i somreia de forma més descarada que abans. Conclusió: ja estava avisat i seria impossible despistar-lo pel procediment del metro. Caldria inventar-se un sistema nou, més imaginatiu i contundent.

–Vinga, pensa alguna cosa –vaig dir.

–No serà fàcil: aquest individu és un professional.

–Sí. I nosaltres uns aficionats.

De sobte el Víctor va fer petar els dits.

–Tens raó! –va exclamar–. És perfecte: som aficionats!

–I què?

–Que no deu conèixer els trucs dels aficionats.

Jo no entenia res, però el Víctor estava molt excitat: havia tingut una idea brillant o, almenys, original.

–Cal canviar de sistema de transport. Sorprendre'l.

–Com?

–Per aquí passa el RER que circula paral·lel al Sena. És el que necessitem. Endavant!

Vam agafar el RER, sempre vigilats pel Paio. Com que era un metro de llarga distància, anàvem més amples i fins i tot vam seure. El Víctor em va explicar el seu pla.

–La meva idea –va dir– és baixar a Invàlids i agafar un *Bateau Mouche*. Tens l'abonament que van fer servir ahir el pare i la mare?

–Sí.

–I el mapa? I els horaris?

–Sí.

El Víctor els va consultar sense que el Paio se n'adonés.

–Agafarem el de les 16.23 h a Invàlids –va xiuxiuejar.

El pla era bo. Els títols de transport de París valen per al metro, els autobusos i el RER, però no pas per als *Bateaux Mouche*: els anomenats «vaixells mosca» que naveguen pel Sena plens de turistes. Nosaltres teníem un abonament específic per als «vaixells mosca» i suposàvem que el Paio no.

Vam baixar del RER a Invàlids i vam passejar per la riba del Sena, divagant, xerrant i contemplant el paisatge, com si no tinguéssim res a fer. El Paio ens observava amb un somriure confiat: estava segur d'haver-nos vençut i fins i tot es va permetre el luxe de tornar al seu telèfon mòbil, no sé si a enviar whatsapps, connectar-se a internet o jugar al solitari. Ens vam recolzar a la barana per contemplar el riu, per on circulaven barcasses carregades de mercaderies. Érem a un centenar de metres del moll de *Bateaux Mouche* més proper: prou lluny perquè el Paio no sospités i prou a prop per controlar, de reüll, l'arribada del vaixell següent.

Va aparèixer al cap de molt poc. Lliscava sobre les aigües tèrboles, amb la coberta, la cabina i el sostre plens guiris d'arreu del món.

–Atenta! –va xiuxiuejar el Víctor–. Tens a punt el títol de deu viatges?

–A la mà.

Quan el vaixell iniciava la maniobra d'aproximació cap al moll i un empleat llançava una soga per lligar-la a un norai, el Víctor va tenir una idea boja.

–Burlem-nos d'ell! –va dir.

No vaig tenir temps de retenir-lo. Va sortir disparat cap al Paio.

–Vostè ens segueix, oi? –vaig sentir que li deia.

El Paio va aixecar els ulls, incrèdul. Estava desconcertat.

–De què em parla? –va respondre.

–Aneu amb compte –va afegir el Víctor–. Avui, el seu cap es podria emprenyar amb vostè.

–Per què?

–Perquè s'assabentarà que ens ha perdut. Inútil!

El Víctor va arrencar a córrer a tota pastilla cap al moll. I jo, darrere seu.

El Paio, agafat per sorpresa, va trigar uns segons decisius a reaccionar. Es va embutxacar el mòbil i va sortir corrent al darrere. El Víctor i jo vam baixar saltant les escales de pedra cap al moll, vam arribar als torniquets, vam validar a les màquines el nostre abonament i ens vam embarcar al *Bateau Mouche*. El Paio es va adonar que no duia bitllet ni abonament. Atabalat, va intentar saltar el torniquet, però un empleat corpulent i uniformat, amb gorra de plat, el va aturar.

–Alto! No té bitllet, vostè?

El Paio va intentar justificar-se, però l'empleat va lladrar:

–Compri un bitllet a les màquines.

–Però... Tinc molta pressa!

–M'importa un rave. Compri el bitllet o aviso a Seguretat.

El Paio es va afanyar, va pagar amb tres monedes d'un euro i va tornar al torniquet just quan el vaixell mosca deixava anar les amarres i, a popa, rere les hèlixs, es formava un remolí d'escuma marronosa. El Paio va amollar una maledicció, mentre el Víctor el saludava somrient darrere el vidre de la cabina i jo immortalitzava el moment fent una foto amb el meu mòbil.

–Aquesta meravellosa imatge –vaig dir, satisfeta– anirà directa a l'Instagram.

9
Sacrificis humans

Vam navegar plàcidament sota els ponts de París, mentre un guia molt pesat ens anava explicant la història de cadascun: el pont d'Alexandre II, el de la Concòrdia, el Royal, el del Carrusel i el de les Arts. Després de passar per davant del museu del Louvre, vam arribar a l'Illa de França i ens vam internar pel braç esquerre del Sena fins al moll de la Conciergerie. Vam desembarcar i ens vam afanyar a agafar el primer metro, assegurant-nos que ningú ens seguis. Li vaig picar l'ullet al Víctor.

–Tu també t'has «lutinitzat» –li vaig dir.

–Per què?

–Has anat a burlar-te del Paio. A fotre-te'n als nassos!

–Tens raó.

I vam riure una mica més. Era estrany estar vivint una situació límit com aquella i, malgrat tot, tenir ganes de divertir-nos.

Vam baixar a l'estació de Montparnasse, vam consultar un mapa del barri i vam arribar a la rue Juliette Dudou, que venia a ser com un mini parc temàtic de restaurants de tot el món. A banda i banda del carrer, se succeïen un restaurant vietnamita, un de grec, una pizzeria, un *döner kebab*, un hindú, una *asador* argentí, un xinès, un senegalès, una creperia, un libanès i, al fons a l'esquerra, El Quetzal, cuina guatemalenca. I tots amb els cartells en les llengües corresponents formaven un batibull d'alfabets exòtics.

El Quetzal era un restaurant petit i més aviat fosc, decorat amb barroquisme. Hi havia mitja dotzena de taules antigues, amb potes de ferro i superfície de marbre blanc, totes buides. Hi vam seure i ens vam mirar.

–I ara, què? –vaig dir.

–Esperem.

–I quan vinguin, què? Com reconeixerem el tal Patricio Comillas?

–L'hi preguntem.

–No podem. Semblaria sospitós, d'entrada.

–Bah! Tingues confiança.

–Confiança, en què?

–En l'inesperat.

És el que hauria dit el Lutin en aquelles circumstàncies. Una opinió contrària a la dels pares, per als quals *inesperat* és sinònim d'*inútil* o *perillós*.

Penjat a la paret, hi havia un mapa gegant de Guatemala, amb fotografies destacades d'alguns dels seus atractius turístics: volcans fumejants, el llac d'Atitlán, temples maies enmig de la selva, indis vestits amb robes multicolors i esglésies blanques. Hi havia moltes fotos del carnaval, que era tot un espectacle per les coloraines de les disfresses i la vistositat de les màscares, moltes de les quals incorporaven banyes de cabra o de vaca. Hi havia imatges de l'església del poblat indígena de Chichicastenango, amb el terra cobert d'espelmes. I també una foto molt curiosa d'una mena d'ídol de pedra, col·locat vora una creu de fusta i cobert de pètals de rosa i cigarrets. El Víctor l'examinava de prop quan va aparèixer un cambrer.

–Bon dia, senyor –va dir el cambrer–. Li interessa Pascual Abaj?

–Pascual Abaj?

–És el nom d'aquest ídol. Abaj és el nom maia. Pascual, el de la seva versió cristiana.

–Però què és? Maia o cristià?

–És una barreja, com gairebé tot a Guatemala. És un ídol precolombí, cristianitzat. Un déu maia i un sant catòlic.

–I els cigarrets?

–Són ofrenes dels fidels. Li porten flors, li encenen espelmes i li regalen cigarrets. Tabac ros americà, només. Winston, com a mínim, i si és Marlboro, molt millor. I més coses: miri a la dreta de la foto.

El Víctor la va observar.

–Una ampolla? –va dir.

–De tequila. A Pascual Abaj li agrada. I també la ginebra, i el whisky. Per cert: què volen?

–Dues Coca-Coles.

El cambrer va se'n va anar darrere la barra. Era baixet, ample d'espatlles, de pell morena i cabells molt negres: el prototip d'indi centreamericà. A més, com els empleats dels aeroports, duia agafada a la butxaca de la camisa una targeta amb el seu nom: Patricio Comillas.

«L'inesperat» venia a auxiliar-nos. Però la situació continuava sent rara. El Lutin ens havia advertit, amb raó, que no li expliquéssim res del segrest, per no aixecar la llebre. El problema era: de què podíem parlar, doncs? Com arrencar-li la informació? La millor via era la que havia iniciat el Víctor: conversar sobre ídols maies i improvisar.

El Comillas ens va portar les Coca-Coles.

–I aquest altre déu de la foto? Qui és? –va preguntar el Víctor.

–És Yum Kax. El déu del blat de moro. Ja sabeu que a Amèrica la base de l'alimentació era el blat de moro, com a Europa era el blat i a Àsia l'arròs. Era el senyor de la vida, de les flors i de la primavera...

Al costat de Yum Kax hi havia un déu d'aspecte sinistre: sobre el cap, com si d'un barret es tractés, hi duia una calavera humana. De l'esquena en penjaven vèrtebres i costelles.

–I aquest?

–És Ah Puch, el déu de la mort.

–El dels sacrificis humans? –vaig intervenir.

El Patricio em va mirar amb sorneguería.

–Sempre igual –va dir–. Un comença enraonant dels déus maies i l'altre acaba amb els sacrificis humans.

–Bé: és un tema...

–Que té morbo, ja ho sé –va completar el Patricio Comillas–. Però li recordo que els sacrificis humans s'han practicat a totes les cultures primitives. Els antics romans sacrificaven els seus presoners a Júpiter, per exemple.

–És veritat que els arrencaven el cor? –va demanar el Víctor.

–Ja que us va el morbo, us ho explico. Hi ha pintures i ceràmiques que representen el sacrifici per extracció del cor: s'obria la cavitat toràcica amb un ganivet i es treia, encara palpitant. La sessió s'amenitzava amb música de tambors i flautes. En molts casos, es tractava de sacrificis de nens i els seus cranis es guardaven. Aquests sacrificis es consideraven necessaris per reconciliar-se amb els déus i aconseguir el seu favor. De vegades, fins i tot tenien a veure amb la fi del món.

–Com la famosa profecia maia del 2012?

–Exacte. La que no es va complir.

–Noto que les desgràcies, a Guatemala, venen de lluny –vaig comentar.

El Patricio va aixecar les celles.

–A què es refereix? –va preguntar.

–Al fet que és un país desafortunat. Fins al segle XX, hi ha hagut desgràcies. La guerra civil, els genocidis...

–Què en sap de tot això?

–El que he llegit.

–No en sap res! No res! –va exclamar el Patricio Comillas, enfadat–. Vostè no és sinó una nena malcriada.

–Perdoni. Jo no...

Volia excusar-me, però vaig sentir el grinyol de la porta del restaurant i uns passos lleugers. Algú va seure en una taula darrere la nostra.

–*Garçon!* –va cridar.

El Patricio Comillas es va arreglar la jaqueta i es va acostar al client per atendre'l. Llavors em vaig tombar i em vaig endur la gran sorpresa: era el Paio!

Ens va mirar i ens va picar l'ullet. La situació era desconcertant.

–Com ens ha seguit? –vaig murmurar.

–Seguir-nos? No –va replicar el Víctor–. Tinc una altra teoria. S'ha imaginat que vindríem aquí.

–Com?

–Si els segrestadors vigilaven el Mario Gómez i la Pamela Martín, segur que coneixien les seves relacions amb el Comillas. Ho pesques?

Vaig assentir. S'havia generat una situació tensa i incòmoda. El Patricio Comillas s'havia adonat que el Paio ens coneixia i que nosaltres coneixíem el Paio, però no ens parlàvem. El Víctor i jo dissimulàvem, però el Paio ens vigilava mirant-nos de fit a fit, sense cap mena de vergonya.

El Patricio Comillas va servir al Paio un cafè amb llet i es va acostar a la nostra taula.

–Qui sou? –va xiuxiuejar.

–Som turistes.

–No m'enganyeu. Heu vingut buscant alguna cosa. Què?

–No res.

–Qui és aquest individu que us segueix?

Ni el Víctor ni jo vam tenir ànims per contestar. El Patricio Comillas era baixet i poca cosa, però treia foc pels ulls i ens intimidava.

–Sabeu que hi ha hagut un cop d'estat a Guatemala? Fa un parell de dies? Ho sabeu?

Com que no contestàvem, es va retirar i es va parapetar darrere la barra. Ell i el Paio s'observaven amb desimboltura. Em vaig aixecar i vaig demanar el compte.

–Són set euros vuitanta –va anunciar el Patricio Comillas.

Va marcar la quantitat a la caixa registradora. Vaig pagar i em va mirar fixament.

–No sé quin és el teu joc, joveneta –va murmurar–. Però ves amb compte. Amb molt de compte.

10
'Gentleman' i lladre

Les paraules del Patricio Comillas i l'aparició del Paio ens van espantar bastant. El Víctor i jo hi vam rumiar durant el trajecte de tornada a casa però, com era previsible, l'Arsène Lutin va rebutjar d'un sol cop els nostres pensaments més pessimistes.

–El que m'expliqueu és perfecte –va dir–. És normal que el Paio us busqués a El Quetzal quan l'heu despistat. Però el més interessant és la reacció de desconfiança del Patricio Comillas. Demostra que està implicat en algun afer perillós. És evident que és un activista polític i, si ho és ell, també ho deuen ser el Mario Gómez i la Pamela Martín. És un bon senyal.

–Per què?

–Perquè corrobora la meva hipòtesi de *Perseguit per la mort*. Es tracta d'un segrest amb mòbil polític.

–I això és bo?

–Per descomptat. Quan s'adonin de l'error, alliberaran els vostres pares. Trigaran un o dos dies, com a màxim. La seva organització és potent i tenen els passaports dels senyors Peris. Els comprovaran, veuran que són legals i els deixaran lliures.

–Hi ha un altre problema –vaig dir–. I els autèntics Mario Gómez i Pamela Martín? I si, quan es descobreixi l'error, els segresten mentre són a Catalunya?

–Tens raó. Caldrà avisar-los. Però no pas ara: seria perillós. Quan els vostres pares estiguin lliures, ho explicarem tot a la policia i ells s'ocuparan de tot. Cap més dubte?

El Víctor i jo vam callar.

–No sé vosaltres, però jo m'he quedat molt tranquil. Avui em surt tot bé: ja tinc les proves contra l'empresari Y de l'empresa B que tenia comptes a Suïssa.

–De debò?

–Soc millor que el Julian Assange i els wikileaks. Ho celebrem?

El Lutin va trucar al Pizza Hut i, en vint minuts, ens estàvem cruspint dues espectaculars pizzes familiars: una pepperoni i una quatre estacions, ell amb cervesa i nosaltres amb Coca-Cola.

Vam començar a xerrar i, quan ens en vam adonar, el Lutin ja ens estava explicant la història de la seva vida. En realitat es deia Michel Charles Auguste Lutin i, de petit, tots li deien Michel. Havia nascut a Montpeller, a Occitània, i havia emigrat a París als deu anys, quan al seu pare, que era doctor en Dret, advocat, fiscal i persona molt seriosa, intel·ligent, culta i honorable, li havien ofert ocupar un càrrec important a la Fiscalia de París. L'Auguste Lutin era un home molt formal, el típic home de lleis que vol complir totes les normes rigorosament i no admet cap desviació ni frivolitat.

Potser per portar la contrària, el Lutin fill va ser sempre un nen díscol, divertit i indisciplinat, que va rebre un munt de càstigs però va seguir sent entremaliat. Als dotze anys va experimentar un dels esdeveniments clau de la seva vida: va llegir un llibre de l'Arsène Lupin.

–Encara el conservo –va dir el Lutin–, és una primera edició del 1907 que vaig trobar per casualitat. Mireu quina portada més bonica!

Era una il·lustració en color d'un home vestit amb frac, bastó, barret de copa i monocle. L'autor del llibre era Maurice Leblanc i el títol, *Arsène Lupin, gentleman cambrioleur*, que es podria traduir aproximadament com *Arsène Lupin, cavaller lladre*. I dic aproximadament perquè *cambrioleur* és una paraula francesa que voldria dir espanyaportes, un lladre de cases. És a dir, una mena de lladre en general llest i astut, que se centra a robar joies o diners de les mansions dels rics, i que treballa sense armes, ni amenaces, ni violència. En resum: el prototip dels lladres refinats. El Lutin va explicar que la seva història preferida era el segon relat del llibre: *Arsène Lupin a la presó*.

–Em vaig quedar fascinat amb el personatge –va prosseguir–, perquè encarnava la mena de paradoxa que a mi m'encantava i al meu pare li disgustava profundament: L'Arsène Lutin era un lladre i, al mateix temps, era el bo. Era intel·ligent, guapo, practicava les arts marcials, era ric, parlava una dotzena de llengües, era romàntic i tenia un èxit enorme amb les dones. Connectava molt bé amb les contradiccions que sempre hi ha hagut en relació amb l'ordre, la llei i la justícia. Com el Robin Hood, era un lladre bo, i com que tothom sap que els rics i els que manen són una colla de corruptes, sempre agrada que un individu llest, astut i elegant els robi. Per això l'Arsène Lupin va tenir un èxit literari fulgurant a primers del segle XX, fins al punt que va arribar a enfrontar-se amb el Sherlock Holmes.

–De debò?

–Oh, i tant. L'Arsène Lupin i el Sherlock Holmes són contemporanis. Era inevitable que coincidissin: el millor lladre del món contra el millor detectiu de l'univers! Mireu.

El Lutin ens va allargar un altre llibre antic, del 1908, també de Maurice Leblanc. Títol: *Arsène Lupin contre Herlock Sholmes.*

–Un moment –va objectar el Víctor–. Aquí no hi diu Sherlock Holmes, sinó Herlock Sholmes.

–Ja saps que l'afer dels drets d'autor és delicat –va contestar Lutin–. El 1908 Arthur Conan Doyle, l'autor del Sherlock Holmes, seguia viu i publicant. Maurice Leblanc va ser molt enginyós: es va inventar un detectiu anglès que era semblant en tot al de Conan Doyle, però va canviar de lloc una lletra: la «s» inicial de «Sherlock» la va posar de davant de «Holmes», que es va convertir en «Sholmes». Facilíssim. L'èxit va ser sensacional, perquè, com us podeu imaginar, en temps de la *grandeur* de França, el lladre francès era molt més hàbil que el detectiu anglès, que li parava tota mena de paranys ignominiosos. Quin gran home, l'Arsène Lupin! Entre els dotze i els tretze anys vaig devorar tots els seus llibres i vaig decidir que, de gran, seria com ell. Em sentia predestinat: fixeu-vos en la coincidència dels cognoms: Lupin i Lutin. Quan, fa quinze anys, es va acceptar a França la possibilitat de canviar-se el nom, vaig córrer al Registre Civil per formular la meva petició: no volia dir-me Michel, ni tampoc Michel Charles Auguste, sinó Arsène. Ara, quan em presento, sempre faig com el James Bond, però amb el Lutin. «Em dic Lutin. Arsène Lutin.» Al meu pare, esclar, no li agradava gens.

–Per què?

–Ja us ho he dit: era un home rígid i quadriculat. Per ell, el Lupin era una cosa molt pitjor que un simple lladre: era un lladre seductor. I tenia raó. A més, com el Robin Hood, un altre lladre seductor, acumula un munt d'imitadors. Al pare no li va agradar que em canviés el nom pel d'Arsène Lutin, ni tampoc que m'establís com a detectiu privat.

–Hauria preferit que fossis policia?

–Esclar. O advocat. O jutge. En resum, un funcionari de la justícia que ha d'obrar segons criteris quadriculats com els seus. No suportava la paraula «privat». Creia que, si era «privat» i em contractava gent «privada», acabaria fent com el mestre Arsène Lupin: una mena de justícia «privada» que funciona al marge de les lleis.

–I tenia raó?

–Força. Jo no hi crec, en les lleis.

–Per què?

–Perquè es basen en una cosa abstracta: els Ciutadans, les Persones, els Éssers Humans... Però, en realitat, només hi ha la gent concreta: el Lutin, el Víctor, la Marta, la vostra mare, el vostre pare, el Paio que us segueix. No es poden fer normes que valguin per a tothom. Una persona bona segueix sent bona, fins i tot en el cas que no compleixi exactament les lleis.

–És el teu cas?

–El de l'Arsène Lupin –va contestar rient– i el de l'Arsène Lutin.

–I el del teu pare?

–El pare no se saltava mai les lleis. Fins que, una vegada, es va veure implicat en una qüestió de vida o mort, el cas Enjolivier...

El Lutin va callar i va llançar un tros de pizza a la capsa de cartró. S'havia acabat la cervesa d'un glop.

–Sembla interessant. Ens explicaràs el cas Enjo... què?

–Enjolivier. Avui, no. Se'ns fa tard –va consultar el rellotge–. Són dos quarts d'onze. A les onze hem de ser a Le Pigeon. Vols fer una partida d'escacs?

–D'acord –va respondre el Víctor.

–Però ara de debò. Fem una juguesca?

–Sí. Apostem.

El Víctor estava molt confiat perquè havia guanyat amb facilitat les dues partides precedents.

–Cinc euros?

–Cinc euros.

–Et cedeixo les blanques –va dir el Lutin.

El Víctor va col·locar les peces de *Star Wars* i va iniciar la partida. El Lutin va fer els primers moviments mentre anava ordenant el despatx. Va llençar les restes de les pizzes, va endreçar munts de papers, va col·locar al seu lloc els estels tibetans que havíem utilitzat al matí, va consultar un parell de coses a internet, va apagar l'ordinador, va posar alguns *gadgets* en un armari, va traslladar diaris vells, va buidar les papereres i va obrir l'armari ple de roba estrafolària per triar la seva vestimenta per aquella nit. Entre tant de tràfec, el Víctor havia estat súper concentrat en la partida d'escacs. Però estava perplex: perdia.

El Lutin es va acostar al tauler i va fer un moviment amb el Darth Vader.

–Escac i mat en tres jugades –va dir.

–No pot ser –va exclamar el Víctor.

–Tu mateix.

El Víctor va pensar a la desesperada i va assajar un moviment sorpresa amb la Princesa Leia. El Lutin, impertèrrit, va avançar un peó, és a dir, un soldat de l'Exèrcit Clon.

–Escac i mat en dues jugades –va insistir.

El Víctor ho va veure i va reconèixer la derrota. El Lutin, somrient, va allargar la mà com un captaire i va embutxacar-se els cinc euros.

–He de començar a cobrar –va dir–. I ara, espereu fora. Em vestiré per a aquesta nit.

Vam sortir.

–Quin cabró! –va exclamar el Víctor, enrabiat–. Ahir em va enganyar deixant-se guanyar un parell de vegades!

Va colpejar amb el puny el palmell de l'altra mà.

–I m'ha pispat cinc euros!

–Elemental, estimat Víctor –vaig dir.

Mon germà i jo ens vam mirar un instant i, de sobte, vam començar a riure sorollosament. I és que havíem entès la lliçó de «lutinització» d'aquella tarda: cal saber prendre-s'ho tot a broma, fins i tot quan es perd.

11
Un tango a París

L'Arsène Lutin va aparèixer al cap de vint minuts, amb pinta d'agent 007 preparat per anar a una festa i demanar un còctel sacsejat no remenat. Portava els cabells engominats i pentinats cap enrere, un bigoti postís i patilles, i duia un esmòquing ajustat, elegantíssim, amb llacet blanc i un clavell vermell al trau.

–Què us sembla? –va dir.

–Genial.

–Tinc dos armaris plens de disfresses –va explicar–. Gairebé una per cada dia de l'any. Però el millor és el clavell. Fa bona olor, Marta?

M'hi vaig acostar i el vaig ensumar. Era cert: feia una olor meravellosa, com acabat de tallar. Però, d'on l'havia tret? Tenia, el despatx, una rebotiga amb jardinet?

–El clavell és fresc. D'on l'has tret?

–T'equivoques –va replicar el Lutin–. D'on podria traure clavells frescos aquestes hores?

–Això mateix em preguntava.

–És un clavell de paper.

–I l'aroma?

–Essència de clavell, nena. Te'n deixo una mica?

Vaig assentir. El Lutin em va passar un ampolleta de vidre vermell i em vaig posar el perfum pels canells i el coll.

El Paio ens esperava davant de casa, assegut en un banc i fumant un cigarret.

–No està fitxat –va murmurar el Lutin–. M'ho ha comunicat la policia.

–Aleshores, d'on surt?

–Potser és un aficionat. O, al contrari, és un goril·la massa bo per deixar-se fitxar.

–Què fem, doncs?

–No res –va respondre el Lutin–. Us molesta que ens segueixi?

–No.

–Doncs deixem-lo. Total: anem de festa, oi?

Vam tirar cap al parc Buttes-Chaumont i vam enfilar els carrers Pradier i Piatt. Eren les onze passades. La nit d'estiu era càlida i humida, i la xafogor semblava més pròpia de Catalunya que de París. Com acostuma a passar en les nits tòrrides, uns núvols d'arnes, falenes i altres papallones nocturnes embogien giravoltant en torn dels fanals. Les voreres estaven desertes i a penes circulaven cotxes per la calçada.

Al final de la rue des Envierges va aparèixer el neó amb el cartell: Le Pigeon. El negre enorme amb el pírcing daurat al nas estava fent guàrdia davant l'escaleta que baixava al semisoterrani.

–Bona nit –va dir el Lutin.

–Bona nit –va respondre el negre.

Quan el Víctor i jo tiràvem escales avall darrere el Lutin, el negre ens va aturar.

–Ells no –va dir.

–Et vaig dir que tornaria! –va exclamar el Víctor desafiant-lo.

–Calma, Víctor –va dir el Lutin–. No ets el Schwarzenegger, per ara. Per què no poden entrar?

–No són majors d'edat –va explicar el negre.

–I si jo dic que ho són?

–No m'ho crec.

–I si li ensenyo un bitllet de vint euros?

–No em compra.

–I si el desafio a un round de boxa?

–Encantat.

El negre va somriure, es va treure la jaqueta, la va deixar plegada sobre la barana de l'escala i es va plantar al mig de la vorera. El Lutin, amb molta menys cerimònia, es va arromangar una mica l'esmòquing i va posar els punys en guàrdia.

–Lutin! –va exclamar el Víctor–. No ho facis.

–Per què?

El meu germà es va quedar mut perquè l'estampa feia por. D'una banda, un negre corpulent de més de dos metres i cent vint quilos. De l'altra, el Lutin, baixet i prim, un nyicris que no sobrepassava els setanta quilos. Un pes pesant colossal contra un pes mosca irrisori: El Lutin corria el risc de ser esclafat, literalment, com una mosca.

Van estar-se un minut fent voltes l'un al voltant de l'altre, com si aquella vorera fos un ring. Tot d'una, van esclatar en riallades. Es van abraçar.

–S'ho han cregut! –va exclamar el negre.

–Sí. Aquests nois es pensen que soc el Superman –va afegir el Lutin.

–O un suïcida.

–Nois, us presento el Fabien Tibuolé. Excampió de lluita lliure i cuiner del millor cuscús de pollastre de París.

–De França –va corregir el Fabien.

–I de part del Senegal.

Com que el Víctor i jo estàvem encara bocabadats, el Lutin se'm va acostar i em va picar l'ullet.

–Si voleu ser detectius –va dir– heu de notar quan un paio com jo li pica l'ullet a un paio com el Fabien.

Vam baixar les escales rere el Lutin, ens vam colar per un passadís estret, vam passar per davant d'un guarda-roba i vam tirar cap a la sala. Le Pigeon era un local petit, agradable i amb clientela escassa. A l'esquerra hi havia una barra amb un parell de cambrers, a la dreta una dotzena de taules amb espelmes i gerros de flors, i al mig, una pista de ball. Al fons hi havia la tarima per a l'orquestra, que, en aquell moment, era buida. Sonava música cubana enllaunada.

El Lutin es va recolzar a la barra.

–Un mojito –va demanar.

–De seguida.

–A 200 graus sota zero –va afegir.

–No els servim mai a més de 250 sota zero –va somriure el cambrer.

El Lutin es va acomodar i va fer un cop d'ull panoràmic a la sala.

–No voleu res?

–No.

–Demaneu un parell de Coca-Coles. Convido jo.

Va mostrar el bitllet de cinc euros que li havia guanyat al Víctor i ens va picar l'ullet un altre cop. Vam demanar les Coca-Coles i vam beure en silenci. Esperàvem instruccions de l'Arsène Lutin, però el detectiu no semblava anar per feina: bevia a glopets el mojito, mentre observava amb fruïció el personal femení escampat a l'altra banda de la sala, a les taules.

No va trigar a saltar del tamboret, acostar-se a una taula, saludar i seure amb una dona que estava sola. Era magnífica, espaterrant. Tenia els cabells negríssims, llargs, deixats anar, amb una orquídia blava agafada amb un clip a un costat. Portava un vestit de setí vermell, lluent, ajustat, amb escot generós, sobre el qual destacava un collaret de perles a joc amb les arracades. El Lutin feia broma i ella li tornava unes rialles plenes de coqueteria. Als cinc minuts, el detectiu es va acostar a la barra.

–Una ampolla de xampany i dues copes –va demanar.

Quan ja se n'anava, el vaig retenir.

–Lutin, un moment.

–Què passa? –va contestar.

–Què fem amb el cas?

–Investigueu, nois.

–Com?

–Ja sou grandets. No veieu que jo tinc feina?

I va assenyalar la dona de vermell. Es va ajustar el llaç davant del mirall i va tornar amb ella. Al cap d'un minut, el cambrer els va dur el gobelet amb el xampany fresc, els va omplir les copes i van brindar. Em vaig acabar la Coca-Cola d'un glop.

–I ara, què? –vaig preguntar.

–Investigeum –va respondre el Víctor–. Com que ell passa, ens haurem d'espavilar.

–Com?

–Preguntant els cambrers, d'acord?

El Víctor va fer un senyal al cambrer que havia servit l'ampolla de xampany. Era un home jove, calb i molt prim, vestit amb americana blanca.

–Vostè coneix el senyor Lutin?

–Per descomptat –va respondre amb un somriure–. Tothom coneix el gran Arsène Lutin.

–Bé: doncs estem jugant amb ell.

–Esclar.

–Al joc dels detectius –va afegir el Víctor.

–Típic del Lutin.

–Vostè va treballar abans d'ahir? Diumenge?

–Sí.

–Va veure aquesta parella?

El Víctor li va mostrar una foto dels pares. No era gaire bona i el cambrer la va observar amb calma.

–Sí. Van venir diumenge.

–Ens pot explicar res més?

–Mmm. Van arribar cap a mitjanit. L'home era molt formal. La dona estava molt contenta i venia amb ganes de ballar. Després de la primera copa, va sortir a la pista, en poca estona va arrossegar-hi el seu marit. Per cert, el marit ballava fatal...

–Anaven sols?

–No. Van arribar amb un paio estrany.

–Estrany? Com era?

–Vestia de manera extravagant –va explicar el cambrer–, amb moltes coloraines. Com els indis americans. Era més aviat baixet, tenia els cabells grisos i llargs. I portava una gorra vermella. Xerrava molt amb el marit. I, quan la dona el va treure a ballar, els va aplaudir força.

–No va ballar, l'home de la gorra vermella?

–No. Es va quedar assegut, esperant que la parella acabés.

–No va tocar el dos?

–No. Els va esperar, el marit va convidar a les copes i van marxar tots tres plegats. Ja se sap: en francès es diu *ménage à trois*.

El cambrer va riure com si acabés d'inventar-se alguna cosa molt enginyosa. En aquell moment, una orquestreta formada per pianista, saxo, trompeta, baix i percussionista va començar a tocar una mena de bolero. Després d'una curta introducció instrumental, va aparèixer una cantant mulata, que va rebre aplaudiments entusiastes, i va entonar les primeres estrofes d'una cançó on es repetien les paraules «amor», «passió» i «abandonar», a més d'un reguitzell de «per què». La seva veu era càlida i vellutada.

–És la Matilde Reis –va xiuxiuejar el cambrer–. Boníssima.

–Cubana?

–Porto-riquenya.

Vam escoltar-la un minut en silenci. El Víctor estava indecís.

–Sap a on van anar, els del *ménage à trois*? –vaig preguntar jo.

–Ni idea.

–A quina hora van tocar el dos?

–Cap a les dues passades.

–Queda res obert al barri, a aquesta hora?

–No res –va dir el cambrer–. Ara: si volen seguir jugant als detectius, preguntin-ho al porter.

Com que el Lutin seguia xerrant i rient amb la dona de vermell, vam sortir a saludar el Fabien Tibuolé.

–Heu ballat molt? –va fer amb to de broma.

–No. Juguem als detectius.

–Això és bo. Amb el Lutin, sempre us divertireu.

El Víctor li va mostrar la foto dels pares.

–Van venir diumenge a la nit –va dir el Fabien–. Els acompanyava un paio amb una gorra vermella.

–Què van fer, en sortir?

–Vam fotre el camp en cotxe.

–Quin cotxe?

–No ho sé. Van anar tots tres per la rue des Envierges fins a aquella placeta. La veieu, després de la cantonada? El cotxe estava aparcat allà, sota un til·ler. Van pujar al cotxe i es van evaporar.

–Com era, el cotxe?

–Estava molt lluny i era de nit. Només sé que era blanc.

–De quina marca?

–Ni idea. A cinquanta metres de distància, no es distingeix.

No vam reeixir de treure-li res més. Al passadís, de tornada, vam sentir els primers acords d'un tango. A la sala de ball, ens vam endur una sorpresa: el Lutin i la dona de vermell eren a la pista, en plena dansa. El Lutin es bellugava com un felí i ella marcava els passos de meravella amb les seves sabates negres de taló. La Matilde Reis cantava amb una contundència molt suau, el pianista picava les tecles marcant el ritme i el percussionista negre es tornava literalment boig amb els bongos.

Va acabar el tango, la gent va aplaudir i en va començar un altre. El Lutin va regalar el clavell vermell del trau a la seva companya, que el va agafar entre les dents en un posat provocador i sensual. El Lutin es va treure la jaqueta de l'esmòquing, la va estendre a terra i ella va començar a ballar-hi al damunt. La Matilde Reis va cantar i el Lutin i la seva *partenaire* van acabar exhaustos. Però van ballar encara dos tangos més, abans de tornar a seure.

–Parlem amb el Lutin? –vaig proposar.

–Per què?

–Per veure què fem.

–Ens engegarà a pastar fang –va contestar el Víctor.

–Ens ha de fer cas! Som clients! –vaig exclamar.

Però em vaig rendir: era impossible que el Lutin, en aquelles circumstàncies, ens fes cas. Hauríem d'espavilar-nos tots dos sols per trobar una pista a seguir.

12
A cops de puny

–Pensa –va dir el Víctor–. Què ens diria ara, l'Arsène Lutin, si no estigués tan atrafegat?

–Que confiéssim en l'inesperat.

–I què és, l'inesperat?

–És una cosa que es busca –vaig contestar–. Que no trobarem si ens quedem aquí embadocats.

Tot d'una, se'm va encendre una llumeta al cervell: normal, si es té en compte que jo era la Pensadora de l'equip.

–Ja ho tinc! –vaig exclamar–. Anem al lloc on va estar aparcat el cotxe blanc.

El Víctor va arronsar les espatlles.

–Tenim res millor a fer? –vaig demanar.

–No.

Vam sortir de Le Pigeon, vam saludar el Fabien Tibuolé i vam arribar a la placeta. Era petita i bonica, la típica placeta parisenca amb arbres, gespa, massissos de flors i, al mig, una font. Em vaig col·locar sota un til·ler enorme i em vaig tombar: des d'aquella posició es distingien perfectament el Fabien i el cartell de neó de Le Pigeon.

–El cotxe blanc era exactament aquí –vaig dir.

–Sí. On ara hi ha aquest Opel Zafira blau –va respondre el Víctor–. I què en traiem, d'això?

–Van haver de treure el cotxe i sortir per aquest cap de carrer.

–I?

–No res.

Em vaig mossegar els llavis i vaig examinar les cases de la placeta: eren els típics blocs de pisos parisencs, amb finestrons (*volets*, en diuen en francès), culminats en teulades de pissarra grisa. A la planta baixa se succeïen els comerços: un forn de pa, un bar, un banc, una llibreria... Tot d'una, vaig fixar la mirada al banc: una oficina del BNP, Banque Nationale de Paris.

–El banc! –vaig exclamar–. Ja ho tinc.

–Ja tens, què? –va respondre el Víctor amb indiferència.

–Els bancs acostumen a tenir càmeres de seguretat. En aquest cas, una càmera que apuntaria exactament cap a on era el cotxe blanc i que, fa dues nits, devia enregistrar el moment en què els nostres pares i l'home de la gorra vermella marxaven.

–I el model del cotxe –va afegir el Víctor després d'uns instants de perplexitat.

–I el número de la matrícula! –vaig reblar.

Ens vam llançar cap a la porta del BNP. Hi havia un vestíbul petit amb dos caixers automàtics. Resseguint amb els ulls els racons del sostre, vam trobar el que buscàvem: una càmera de seguretat.

Vam tornar a Le Pigeon molt emocionats, amb unes ganes boges de explicar-ho tot al Lutin. El detectiu i la dona de vermell havien acabat la sessió de ball i estaven asseguts acabant-se la segona ampolla de xampany. El Víctor i jo ens hi vam plantar al davant.

–Podem parlar? –li vam dir.

–No veieu que estic enfeinat? –va replicar el Lutin amb un somriure.

Tot d'una, la dona de vermell va intervenir.

–No pas per gaire temps, estimat. Jo me'n vaig!

–Sola?

–Per descomptat –va respondre la dona–. Et toca fer de cangur, estimat.

La broma m'hagués ofès, si no fos que em van agradar tant la veu de la dona, aguda i musical, i el seu somriure, sardònic però innocent. Semblava tan llesta com simpàtica, i tractava el Lutin com el que era: un nen gran a qui cal marcar perquè es porti bé. En realitat, ella i el Lutin semblaven fets l'un per l'altre: éssers purs i bromistes amb els quals és impossible enfadar-se.

–No els cal cangur –va respondre el Lutin–. Són detectius fets i drets.

–Ho dubto, si van amb tu. Adeu!

–Però, Armance...

–He dit adeu.

L'Armance va utilitzar un to seriós i contundent, amanit amb un somriure encisador. Es va posar un xal de seda negra sobre les espatlles i es va acomiadar. El Lutin es va quedar atordit mentre els talons alts i el vestit vermell s'eclipsaven pel passadís.

–Tornem a la barra –va dir, de sobte.

Vam seure en tres tamborets.

–Una altra ampolla de xampany, Arsène? –va dir el cambrer calb.

–No. Un altre mojito.

–A 250 sota zero.

–Bona idea –va afegir el Lutin–. I un parell de Coca-Coles per als nois.

El meu germà va protestar, però el Lutin el va tallar:

–Silenci! La nit és jove. I ara, expliqueu-me això que és més important que l'Armance.

Li vam resumir les nostres investigacions i ens vam entusiasmar amb la troballa de la càmera de seguretat del BNP, però el detectiu ens va llançar una galleda d'aigua freda.

–Us felicito per la iniciativa –va dir–, però la pista no porta enlloc.

–Però... Amb el vídeo del BNP podrem trobar la matrícula.

–Podríeu, si tinguéssiu accés al vídeo. Però no en teniu.

–Anirem al banc demà al matí i el demanarem.

–I us diran que no –va replicar el Lutin–. Les cintes de seguretat del BNP són inaccessibles per temes de privacitat i seguretat. Ni tan sols jo, l'Arsène Lutin, podria obtenir permís per visionar-les.

–I si les pirateges? –va suggerir el Víctor.

El Lutin va riure amb ganes.

–Veig que us ha agradat això d'*Arsène Lupin, gentleman cambrioleur*. El pobre Arsène Lutin balla de meravella els tangos, però no és tan bon lladre com el seu antecessor. Seria més difícil accedir a les cintes del BNP que piratejar les webs de l'FBI o la CIA. Només la policia pot visionar-les, i sempre prèvia autorització judicial. Creieu-me: és inútil.

El Víctor es va mossegar els llavis, frustrat.

–Perdoneu-me. He de fer una trucada urgent –va afegir el Lutin.

El detectiu es va apartar a un racó i va parlar un parell de minuts. Després va cridar el cambrer, va pagar, es va posar la jaqueta de l'esmòquing i vam sortir. Va explicar un parell d'acudits i vam tirar per la vorera d'Envierges, sota la llum pàl·lida dels fanals envoltats de falenes i d'arnes. Jo donava voltes al problema.

–Aleshores, per on seguim? – vaig dir, de sobte.

–No hi ha més pistes –va afegir el Víctor.

–Ni caps per lligar.

–Us equivoqueu –va intervenir el Lutin–. En queda un.

–Quin?

–Ell.

Lutin va estendre el dit índex cap a l'altre costat del carrer, on hi havia la silueta del Paio, que ja feia dos dies que el teníem enganxat a l'esquena.

–Però, Lutin –vaig objectar–. Abans has dit que no valia la pena fer res amb ell.

–Abans. Però he canviat d'opinió.

Em vaig quedar tan bocabadada que no vaig respondre.

–Només els imbècils no canvien mai d'opinió –va sentenciar.

Sense pensar-s'ho dues vegades, el Lutin va creuar el carrer i es va plantar davant del Paio. El Víctor i jo vam sortir disparats al darrere, intrigadíssims.

–Ei, tu!

–Em parla a mi? –va respondre el Paio.

–Sí, a tu, carallot.

–Com ha dit?

–M'has sentit perfectament: carallot.

El Paio estava desconcertat. Va prémer una tecla del mòbil i se'l va guardar a la butxaca. No es prenia seriosament el Lutin. Un somriure se li va dibuixar als llavis, però no va anar més enllà d'un esbós, perquè el Lutin li va etzibar un formidable cop de puny.

El Paio va recular d'un bot cap a la paret i, abans que hagués tingut temps de palpar-se el mentó, on l'havia colpejat el Lutin, va rebre un segon cop de puny a la boca de l'estómac. Va caure de genolls a terra. El Lutin es va ajupir a la gatzoneta, per enraonar-hi.

–Saps qui soc, carallot?

El Paio va respondre, amb veu a penes audible:

–Sí.

–Bé, noi. Si saps que soc l'Arsène Lutin, sabràs que tinc molt mala llet. N'estàs al corrent?

–Sí.

–I ara, m'explicaràs un parell de cosetes. Estàs seguint aquests nois des d'ahir. Qui t'ha contractat?

–No ho sé.

–No em menteixis, carallot. Qui et paga?

–Ho ignoro. Es comunica amb mi per correu electrònic.

–I com et paga?

El Paio no va contestar.

–Respon! I no em diguis que et paga per transferència bancària, amb factura i IVA.

–No.

–Aleshores?

El Paio es va incorporar una mica i, de sobte, amb la velocitat d'un llampec, va empènyer el Lutin i va sortir disparat.

–Agafeu-lo, nois! –va cridar el detectiu mentre s'incorporava.

I vam arrencar a tota pastilla. El Paio era alt i feia gambades molt llargues. Va aconseguir una vintena de metres d'avantatge sobre el Víctor, que està en bona forma. El Lutin i jo anàvem unes passes enrere. La cursa va ser ràpida, perquè els carrers estaven deserts, i quan el Paio es trobava un semàfor en vermell, se'l saltava sense aturar-se. Va arribar a la rue Veillert i va tombar a l'esquerra.

–Que no arribi al parc! –va cridar el Lutin.

El detectiu em va avançar i va arribar a l'alçada del Víctor, però el Paio era àgil i les distàncies augmentaven de mica en mica. Va tirar per la rue Botzaris, va córrer paral·lelament al reixat i, en arribar a un indret on els barrots només feien dos metres, va grimpar. Quan el Lutin, el Víctor i jo vam arribar-hi, panteixant, el Paio s'havia evaporat entre els matolls espessos del parc Buttes-Chaumont.

–Uf! –va exclamar el Lutin–. Quina cursa.

Mentrestant, el Víctor ja s'havia enfilat a la reixa.

–El perseguim? –va demanar.

–No val la pena –va replicar el Lutin–. El parc és immens i pot amagar-se en qualsevol racó fosc tota la nit. Seria com buscar una agulla en un paller.

–I doncs?
–Baixa i ens ho pensem.
El Víctor va saltar a terra i es va ajupir.
–Aquí hi ha alguna cosa!
–Què?
–Una targeta.
El Víctor la va exhibir a la llum d'un fanal. A dalt hi havia una bandera tricolor blava, blanca i blava, i un escut amb dues branques de llorer, dues espases, dos fusells i un quetzal. El text era:

«Ambassade du Guatemala
17, rue Chaudron. Paris»

I, a continuació, un número de telèfon, una web i una adreça de correu electrònic d'informació. El Lutin la va agafar i la va estudiar del dret i del revés.
–Hi ha alguna cosa a darrere –va dir.
–Què?
–No ho sé. Anem a on hi hagi més llum.
Ens vam situar sota un fanal.
–No veig res –va dir el Lutin–. Qui té bona vista?
–Jo –va respondre el Víctor.
La va examinar amb atenció. Hi havia alguna cosa escrita amb llapis, però amb prou feines es distingia.
–Ho resseguiré –va suggerir.
–Bona idea.

Li vaig donar un llapis i va seguir els traços, a poc a poc, amb paciència. El resultat va ser: «Rue Juliette Dudou, 29».

–La direcció del restaurant El Quetzal! –vaig exclamar.

–Ja sabem d'on va venir la informació del Paio –va dir el Víctor.

–De l'ambaixada de Guatemala, esclar –va afegir el Lutin–. L'explicació és senzilla: quan el vau despistar al *Bateau Mouche*, el Paio es va acostar a l'ambaixada de Guatemala, on deu tenir un contacte. Així, va obtenir l'adreça d'El Quetzal.

El Lutin va callar i ens vam quedar uns instants en silenci. No sabia què dir. Finalment, va parlar el Víctor:

–Això vol dir que a l'ambaixada estan implicats en el segrest?

–Algú de l'ambaixada, segur –va respondre el Lutin–. Però no l'ambaixada com a tal. Potser es tracta d'un individu concret, que opera per raons particulars.

–Potser. Però també podria ser l'ambaixador.

–Ens movem en el món del «podria ser». Hi ha hagut un cop d'estat i la situació a Guatemala és confusa. Avui he llegit els diaris i no es posen d'acord. Les preguntes segueixen sobre la taula. L'han propiciat partits polítics? Quins partits? O els militars han obrat pel seu compte? L'ambaixada de Guatemala a

París, està d'acord amb el govern anterior? O s'ha posat al costat dels colpistes? No serà fàcil treure'n l'entrellat.

–Ja ho veig.

–És a dir, que ja teniu feina per demà.

–Anar a l'ambaixada de Guatemala? –vaig preguntar.

–Elemental, Executor.

–Però... per on comencem?

–Ni idea –va contestar el Lutin–. Però vaja: confieu en l'inesperat, o no?

–Hi confiem –va dir el Víctor.

–Me n'alegro. Perquè ara us faré una proposta que no espereu.

L'Arsène Lutin va fer una pausa retòrica i va preguntar:

–Anem a banyar-nos al Sena?

13
Nedant cap a Notre-Dame

Com que el Víctor i jo ens vam quedar muts i glaçats per la sorpresa, a penes vam tenir temps de reaccionar que el Lutin ja havia cridat un taxi despistat. El detectiu va obrir la porta de darrere.

–En marxa, nois.

Vam entrar primer el meu germà i jo, i després el Lutin.

–A on els porto? –va preguntar el taxista, un home barbut amb turbant d'estil pakistanès.

–A Notre-Dame –va respondre el Lutin–. Pont au Double.

–Som-hi.

El taxi va arrencar com si participés en una cursa de Fórmula 1 i, amb l'impuls, ens vam picar el clatell amb el respatller del seient. El Lutin es va posar còmode i va sospirar:

–Quina calor! Aquesta cursa darrere el Paio m'ha deixat fos. Vosaltres no sueu?

–Una mica.

–Jo també –va afegir el Víctor.

–Doncs alegreu aquestes cares. Veureu com n'és, de fresqueta, l'aigua del Sena les nits d'agost. Ens ho passarem pipa. Trucaré a la meva dona.

–La teva dona?

–Perquè vingui a banyar-se també.

Va agafar el mòbil, va fer la trucada i va esperar resposta. Vaig consultar el rellotge: marcava gairebé les tres de la matinada.

–No estarà dormint, ara? –vaig preguntar.

–És possible.

–Però això... és una bogeria!

–Exacte –va rematar el Lutin–. A la meva dona, li encanten les bogeries. Xxxxt.

Vaig sentir una veu que responia. L'Arsène Lutin va interrompre la seva dona i va començar a enraonar, explicant els seus plans, rient i picant-se les cames amb els palmells de les mans. Mentrestant, el taxi avançava a una velocitat de vertigen pels carrers buits de París, derrapant a cada cantonada, amb un taxista cofat amb un enorme turbant carmesí que escoltava un CD de música pakistanesa. Allò era de bojos. El Lutin va penjar el mòbil.

–Ve! –va exclamar.

–L'has convençuda?

–Amiga meva –va respondre el Lutin–, coneixes algú a qui jo no pugui convèncer?

–Per ara, no.

–I trigaràs a fer-ho! Mireu, nois. Ja som al Centre Pompidou. Estem arribant.

Vam creuar la plaça que s'estén davant de Notre-Dame. Les dues grans torres quadrades de la catedral brillaven amb una il·luminació tan intensa que gairebé semblava fosforescent. Al firmament, una lluna gairebé plena brillava, groga i indiferent, entre els fanals.

–Travesso el riu? –va demanar el taxista

–Sí –va contestar el Lutin–. Deixeu-nos a l'altre costat. Les vistes són millors.

El taxi va passar el pont de Notre-Dame, va girar a l'esquerra, va lliscar pel Quai Montebello, que corre paral·lel al riu, i es va aturar davant del pont au Double. El Lutin va pagar amb un bitllet de vint euros i vam baixar.

La vista era magnífica: teníem al davant la mola gòtica de Notre-Dame, i el seu reflex il·luminat de blanc, de vermell i de taronja al curs lent del Sena. De nit, a penes si hi havia trànsit de barcasses al riu. En canvi, adossat al pont a Double, hi havia un gran vaixell amarrat al moll: el *Bateau Daphné*, convertit en restaurant amb desenes de coberts, adornat amb garlandes i bombetes multicolors, ple de turistes ballant al ritme d'una orquestra situada a proa. El París nocturn és ple de sorpreses.

Vam baixar una escala de pedra i vam avançar per la gespa fins a la vora del corrent. El Lutin va estirar els braços com per desentumir-se. Va ajupir-se i va remoure l'aigua

–Uau! –va exclamar–. Està boníssima!

I va començar a descordar-se la camisa. Jo mirava a banda i banda, inquieta, fins que vaig murmurar:

–Però banyar-se al riu, està prohibit?

–Sí.

–I doncs? –vaig insistir.

–Si no estigués prohibit, quina gràcia tindria? –va respondre rient el Lutin.

La lògica era tan aclaparadora que em vaig quedar sense parla i em vaig tombar per veure quina cara feia el Víctor: més o menys com la meva. El Lutin es va desfer de la camisa, es va treure els pantalons, es va descordar les sabates i es va alliberar dels mitjons. Un cop en calçotets, ens va mirar.

–Som-hi, nois –va dir–. Què espereu?

El Víctor i jo estàvem muts.

–Que voleu que es faci de dia?

Sort que, en aquell moment de desconcert, ens va rescatar la veu de la muller del Lutin:

–Arsène! Arsène!

El Lutin mirar cap a la barana del Quai Montebello, va fer un bot i va aixecar les mans.

–Aquí! Som aquí! –va cridar.

La dona va baixar de pressa l'escalinata i se'ns va acostar. De lluny i sota una llum escassa i incerta, la seva forma de caminar elegant i la seva cabellera negra em van recordar algú. Però la sorpresa va ser majúscula quan vaig reconèixer sense cap dubte el meravellós vestit vermell i el collaret de perles: era l'Armance! La dona que havia estat ballant tangos amb el Lutin a Le Pigeon! I jo que estava convençuda que el Lutin havia estat fent el *donjuán* amb una desconeguda!

El Lutin i l'Armance es van fer un petó a la boca apassionat.

–Te n'havies anat al llit? –va dir el Lutin.

–Encara no –va respondre l'Armance–. Li he posat el termòmetre a l'Ottilie.

–A quan estava?

–A 36. Falsa alarma. I l'aigua del Sena?

–Calculo que a uns dinou graus.

–La temperatura ideal a l'agost.

L'Armance es va descalçar, es va treure el vestit i el collaret de perles i, en calces i sostenidors, es va acostar a l'aigua i la va tocar amb la punta del peu.

–Està fantàstica!

El Lutin va entrar al riu i la va abraçar. Van començar a riure com a bojos. Va ser una escena de cinema, la parella ballant i rient al Sena, els seus perfils retallats contra els arcs gòtics de Notre-Dame. Semblaven Anita Ekberg i Marcello Mastroianni, radiants i guapíssims, en aquelles famoses imatges en blanc i negre de *La dolce vita*, en què es banyaven, també de nit, a la Fontana de Trevi de Roma. Per amenitzar l'escena i fer-la més romàntica, ens arribaven des del *Bateau Daphné* restes de música de boleros: *Si tú me dices ven lo dejo todo*, primer, i *Quizás, quizás, quizás*, després.

–Doncs anem-hi! –vam exclamar el Víctor i jo a l'uníson.

Vam abandonar la roba a la gespa i ens vam llançar al riu, on el Lutin i l'Armance ens esperaven. L'aigua estava molt freda, però vaig agrair el contrast, perquè la xafogor nocturna era intensa i havia suat durant la persecució del Paio fins al parc Buttes-Chaumont. El Víctor estava tan entusiasmat que va nedar cap al mig del corrent. De sobte, ens va arribar l'estrèpit sord d'una sirena i el brunzit llunyà d'un motor.

–Víctor –va cridar el Lutin–. Aparta't. Ve una barcassa.

–Ara mateix.

El meu germà va nedar fins a la riba i tots vam aguantar la respiració mentre la *péniche* (així s'anomenen les barcasses de mercaderies a França) lliscava sota la mola lluent de Notre-Dame. El pilot, dret davant del timó, va brandar la pipa de llop de mar (o de riu).

–Bona nit! –va saludar.

–Bona nit! –va respondre el Lutin.

–Està bé, l'aigua?

–Una mica freda.

–Doncs m'estranya, perquè acabo de pixar-m'hi.

I va amollar una riallada, mentre el Lutin, immune a la burla, m'esquitxava.

–Vinga, noia –va dir–, encara no t'has mullat els cabells.

–Prefereixo no...

Abans que tingués temps d'acabar de respondre, el Lutin i el Víctor se'm van abraonar al damunt i em van enfonsar el cap.

–Buf... Maleïts!

L'Armance se'm va acostar i em va donar un copet a l'espatlla.

–No els facis cas –va dir picant l'ullet–. L'un és un nen i l'altre és com un nen. Saps quin és el problema de banyar-te de nit al Sena?

–No.

–Que després no pots prendre el sol. I saps quin és l'avantatge?

–Tampoc.

–Que és més divertit –va afegir l'Armance–, perquè de vegades apareix la policia. Mira.

En efecte, un cotxe patrulla amb els llums encesos acabava d'aturar-se al Quai Montebello. Es van obrir les portes i vam distingir les siluetes d'un parell d'agents. Un d'ells va brandar un megàfon i la seva veu va tronar:

–Fora de l'aigua!

L'Armance i jo vam nedar cap a la riba. Però el Lutin i el Víctor van continuar jugant a l'aigua. Es llançaven una petita pilota, com de ping-pong, que havia sortit de no sé on.

–Està prohibit banyar-se! –va insistir el megàfon.

Els dos policies van baixar els graons i van avançar per la gespa, precedits dels cercles de llum de les seves llanternes. Un d'ells, calb i amb bigoti, es va acostar a l'aigua per enfrontar-se al Víctor i al Lutin, tan entremaliats com sorollosos. L'altre, el típic poli milhomes i idiota que intenta fer-se l'interessant no traient-se les ulleres de sol ni a les tres de la matinada, es va dirigir a l'Armance.

–Sap que no està permès banyar-se de nit?

–Sí, senyor.

–Per què es banyava, doncs?

–Serà que soc una inconscient –va contestar rient.

El poli va torçar la boca. La resposta no li havia agradat gens.

–Sap que puc posar-li una multa? –va insistir.

–Faci-ho.

El poli va treure un talonari de multes de la butxaca i va brandar un bolígraf. L'Armance somreia amb coqueteria i el policia va quedar uns instants paralitzat observant-la: estava molt sexy, amb el seu conjunt de calces i sostenidors negres de randa. Quan el poli semblava disposat a anotar alguna cosa al talonari, l'Armance, amb un gest rapidíssim, es va treure els sostenidors i els hi va allargar.

–Pot aguantar-me'ls, agent?

El poli els va agafar amb la mà dreta, després de guardar en una butxaca les multes i el boli.

La seva cara era tot un poema: vaig haver de contenir-me per no deixar anar una riallada que s'hagués sentit des de la torre Eiffel. Vaig entendre la tàctica de l'Armance per eludir la multa: era el truc original i inesperat típic de l'Arsène Lutin. I oi que era lògic que la dona del Lutin estigués plenament «lutinitzada»?

L'Armance es va posar el vestit vermell i va mirar amb picardia el poli. Seguia paralitzat, amb els sostenidors a la mà, com una estàtua del Museu de Cera.

–Gràcies agent –li va dir l'Armance amb un somriure entremaliat–. Que me'ls torna? –Va recuperar els sostenidors i va murmurar, en to confidencial:– No s'hi amoïni, agent. No tornarà a passar.

–A passar, què? –va respondre el poli, com si acabés de tornar d'un viatge a Tombouctou o Vladivostok.

–Això de banyar-me. Em perdonarà, agent?

–Per descomptat. –I en un instant, amb aire dur i marcial, va afegir:– Però que no es repeteixi. Lucien!

Lucien era el nom del segon agent, el calb amb bigoti, que tenia els pantalons xops després de lluitar en desavantatge amb el Lutin i el Víctor per obligar-los a sortir de l'aigua.

–Digues, François.

–Marxem, Lucien.

–Però... no els posarem cap multa?

L'Armance va somriure. El François es va treure les ulleres de sol i va dibuixar una ganyota seductora.

–No cal –va dir–. Adeu, madame. *Enchanté!*

I els dos polis van tornar al cotxe patrulla, la sirena del qual seguia brillant al Quai Montebello. Si allò era una mostra de la tòpica i suposada habilitat dels homes francesos en l'art de la seducció, la veritat és que havia estat força ridícul!

L'hi vaig comentar a l'Armance.

–Els homes són uns calçasses –em va respondre–. Tots. Els francesos no són una excepció!

–I l'Arsène?

–També.

–Doncs no ho sembla. Ell és diferent, oi?

–Esclar. L'Arsène és un calçasses... però divertit!

14
El vídeo del caixer

L'endemà ens vam despertar tard, sobre les nou, amb un lleu mareig i un puntet de mal de cap.

–Deu ser la ressaca de la Coca-Cola –va dir el Víctor.

No sé si existeix aquesta mena de ressaca, però almenys ho semblava. El meu germà va baixar a la fleca a comprar quiche lorraine mentre jo escalfava la llet. Vam esmorzar a poc a poc, rient i comentant detalls de la festassa de la nit anterior. Ens havíem divertit tant que, per contrast, ens feia molta mandra anar a l'ambaixada de Guatemala a continuar les investigacions.

–El problema –va dir el Víctor– és que no sabem qui va escriure a llapis la direcció a la targeta. I en aquesta ambaixada hi deu treballar molta gent.

–És veritat.

–I la primera pregunta: com entrarem?

–Ens hem d'inventar una excusa.

–Quina?

–No ho sé. Haurem de deixar volar la imaginació.

–Dubto que arribi gaire lluny –va contestar el Víctor–. No som ciutadans guatemalencs. Som menors d'edat. Què hem de buscar-hi, allà?

–Hi anem, xafardegem i a veure què passa... –vaig respondre–. El Lutin ens diria que confiem en l'inesperat.

Però el Víctor no veia clara l'expedició a l'ambaixada i, de sobte, va picar a la taula amb el palmell de la mà.

–És clar –va exclamar–. L'inesperat! És això.

–Doncs anem a l'ambaixada.

–No: buscarem l'inesperat, però no a l'ambaixada de Guatemala. Anirem a l'oficina de la Banque Nationale de Paris.

–Què?

–Pensa-ho bé. Inesperat per inesperat, la pista del BNP ens conduiria directament a la matrícula del cotxe dels segrestadors. I a la seva identitat.

–Però el Lutin ens va dir...

–Serem més «lutinistes» que el mateix Lutin –va reblar el Víctor–. Li farem una sorpresa!

El meu germà sap ser persuasiu i a mi també em feia mandra travessar París en metro per a un resultat incert a l'ambaixada de Guatemala. De manera que vaig acceptar.

Vam sortir a la rue Manin i vam mirar l'horitzó. El Paio ja no ens vigilava. Segur que, arran de la pallissa que el Lutin li havia clavat la nit anterior, havia decidit replantejar la seva estratègia.

–Perfecte –vaig observar–. Estem sols i lliures.

Vam baixar cap a la rue des Envierges i vam entrar a la place Charles Pinérecourt. A la llum del dia, es veia més petitona que la nit anterior, amb la gespa, els massissos de flors i l'altíssim til·ler que s'alçava davant de l'oficina del BNP. Vam empènyer la porta del banc.

–Espera –va dir el Víctor–. Anem al caixer.

–Per què?

–He agafat la Visa que va oblidar la mare.

Vaig entendre la idea del meu germà: per reeixir en el que anàvem a intentar, ens caldrien diners. Potser molts diners.

Va ficar la Visa a la ranura. Jo vaig marcar el número secret. El màxim efectiu diari eren mil euros.

–Què fem? –va preguntar el Víctor.

–Ho agafem tot. Després, ja ho veurem.

Ens vam embutxacar els mil euros i vam entrar. Era una oficina minúscula. Al fons hi havia un parell de finestretes i una porta que menava al despatx del director. A la dreta, un empleat solitari i d'aspecte avorrit, amb un cartellet sobre la taula: «Joseph

Maujean. Agent comercial». Era un home de mitjana edat, prim, de cabells grisos i ulls negres, i vestia una americana blava passada de moda. Ens va convidar a seure.

–Bon dia, senyor Maujean –vaig dir.

–Bon dia.

–Tinc una proposta per a vostè. Aniré al gra.

–Si us plau.

–Necessito veure les imatges de les càmeres de seguretat d'aquesta oficina de la nit de diumenge a dilluns, entre les 12 i les 3 de la matinada.

El Maujean va somriure i va llançar un gest despectiu.

–Això està totalment prohibit. Política de seguretat i política de privacitat.

–És molt important. Es tracta d'un segrest.

–De debò?

–Sí.

–Doncs ho té molt fàcil. Enviï'm un comissari de policia amb una ordre signada per un jutge, i tindrà accés a tots els enregistraments.

–Li podem enviar una altra cosa –va intervenir el Víctor.

–Què?

–Cinc-cents euros.

Vaig observar amb màxima atenció la fesomia del Maujean. Malgrat la ganyota de menyspreu, li van brillar els ulls un instant. Tot just el que dura un llampec.

–Ja els he dit que és impossible.

–Set-cents cinquanta euros –vaig insistir.

–Segueix sent impossible –va respondre somrient.

–Mil euros.

El Maujean va llançar una mirada furtiva cap a la porta tancada del despatx del director i cap a les dues finestretes, on els seus companys seguien atenent clients. Va obrir un calaix i va fer lliscar sobre la taula un full en blanc i un sobre.

–Al foli, dia i hora del vídeo. Al sobre, els diners.

Vaig anotar-ho i vaig posar cinc-cents euros al sobre. El Maujean ho va rebutjar.

–Els mil euros o res.

–Com sé que complirà?

–No ho sap.

–Aleshores?

–Jo tinc la paella pel mànec. Decideixi.

Vaig entaforar-hi els mil euros. Ell, amb màxima pulcritud, va desar el sobre en un calaix i va mirar el foli amb les dades del vídeo.

–A la una, al bistrot Jean Paul –va dir–. És a l'altra banda de la plaça. Entesos?

– Entesos?

–I ara –va afegir en un xiuxiueig–, marxin dissimuladament i no tornin a aquesta oficina.

Vam sortir, vam recórrer cinquanta metres i vam començar a saltar d'alegria: ho havíem aconseguit. En a penes un parell d'hores, tindríem una pista, potser la decisiva, que ens conduiria directament als segrestadors. Estava tan contenta que vaig trucar al Lutin per explicar-ho.

–Lutin?

–Sí, digue'm.

–Tenim una pista! Hem anat a...

–Calla!

El to brusc del Lutin em va deixar gelada.

–No recordes que escolten totes les teves converses? –va dir.

Era veritat. M'havia deixat arrossegar per un entusiasme boig i inconscient. El Lutin, en canvi, tot i que actuava sovint com un boig, anava sempre amb peus de plom.

–Ves amb compte amb el que expliques –va afegir.

Vaig pensar de pressa.

–Podem parlar en clau? –li vaig suggerir.

–Prova-ho.

–Es tracta de la idea que vam tenir ahir a la nit. La recordes?

–No sé a quina et refereixes.

–Una idea que tu ens vas dir que era impossible i irrealitzable.

–Ah! –va respondre el Lutin–. Ja ho pesco.

–Doncs bé: ho hem aconseguit.

Es va fer un estrany silenci.

–Ja? Ho teniu?

–A última hora del matí.

–Entesos. Doncs endavant amb el tema. Jo passaré el matí enfeinat en altres temes. A la tarda, al despatx, em porteu els resultats.

El Lutin va penjar. Havia estat una conversa estranya: no havíem rigut ni una sola vegada. Però el Víctor i jo estàvem tan contents que no hi vam donar importància.

Vam esperar tot fent una passejada pel barri i, a la una, vam tornar al bistrot Jean Paul. El Joseph Maujean estava recolzat a la barra davant d'una tassa buida de cafè amb llet. Quan ens va veure entrar, es va aixecar, va fingir ensopegar amb mi, em va passar una capsa amb un DVD, es va disculpar i va tocar el dos sense tombar-se. Jo vaig desar dissimuladament el DVD a la bossa.

–Volien res? –va dir el cambrer.

–No res, gràcies –vaig respondre, atabalada.

Vam sortir del bistrot i vam obrir la caixa. Hi havia un DVD. Ho havíem aconseguit!

–Cal veure'l de seguida –va dir el Víctor.

–Doncs tornem a casa.

Vam tornar a la rue Manin, vam saludar la Sabine Dubois, que treia la pols de la porteria, vam pujar a l'ascensor de fusta i vam entrar al quart segona.

El Víctor va col·locar el disc al lector de DVD i ens vam plantar tots dos davant de la tele. De seguida va aparèixer la imatge.

Era un vídeo de definició molt baixa, que empitjorava en ser de nit, amb l'escassa il·luminació dels fanals de la plaça. En primer terme de l'enquadrament es veia el vestíbul de l'oficina. En segon terme, l'exterior: un tros de vorera, la calçada, tres cotxes a la vorera de l'altre costat, tres troncs de til·lers, els parterres de flors i un parell de fanals. La meva mirada es va centrar en els tres cotxes.

Bingo! El del mig era un cotxe blanc i petit. Concretament, un Renault Clio.

–És aquest! –va exclamar Víctor.

–Exacte –vaig afegir–. Seguim l'hora.

A la part de sota de la pantalla hi havia dues rengleres de xifres. La de dalt, immòbil, deia: «06 - 08 - 2014».

Es referia a la data. A la segona filera, la de l'hora, hi havia moviment en les últimes xifres: «00 - 06 - 32».

En aquell moment vèiem les imatges de la nit de diumenge, a les 12 i 6 minuts. Les caselles dels segons corrien de pressa. Vam esperar una estona, expectants, en silenci, però no passava absolutament res.

–Tira endavant –vaig dir.

–Ara mateix.

El Víctor va pitjar una tecla del comandament i la imatge va multiplicar la seva velocitat per trenta-dos. Van passar un parell de minuts i, de sobte, vam notar que el Clio blanc havia desaparegut. El Víctor va aturar el DVD, va pitjar el play i la marxa enrere multiplicada per vuit, fins que hi va aparèixer un altre cop el Clio blanc i va prémer l'stop.

–Ara –vaig dir– play i continuem a poc a poc.

Va tornar a aparèixer la imatge de l'oficina del BNP, però el rellotge marcava: «02 - 26 - 32».

És a dir, les dues i vint-i-sis minuts de la matinada. Vam esperar, fins que va aparèixer una figura a l'esquerra. Venia de Le Pigeon i en vam reconèixer el vestit: era la mare. Caminava la mar de contenta, com havia observat el Fabien, el negre de la lluita lliure i el cuscús de pollastre. Després van aparèixer, plegats, parlant animadament, el pare i l'altre paio. Sí: el de la roba multicolor, cabells grisos i gorra de beisbol vermella.

–Són ells –va murmurar el Víctor.

–Xxxxt –vaig contestar, malgrat que el vídeo no tenia so.

El trio es va aturar davant del cotxe. El paio de la gorra vermella el va assenyalar amb les claus, en un gest que semblava una invitació. El pare i la mare s'abraçaven, comentaven alguna cosa i assentien. Llavors l'home de la gorra va passar davant del capó, va obrir la porta del conductor i va convidar els pares a pujar.

El pare va obrir la porta de davant, va abaixar el seient del copilot, va entrar-hi i va seure al darrere. La meva mare va tornar el seient a lloc i va seure al davant, al seient del copilot. I va tancar la porta. Mentrestant, l'individu de la gorra vermella tancava també la seva.

Contemplàvem l'escena aguantant la respiració, expectants. De moment, cap pista. Només la confirmació del que ja sabíem.

Arribava el moment culminant i ho sabíem. El Clio va arrencar. Va fer la maniobra tocant amb els seus para-xocs els cotxes de davant i darrere. Després va girar a l'esquerra, va accelarar, va girar a la dreta i va sortir fora del camp de la càmera.

–Pausa! –vaig exclamar.

El Víctor va aturar la imatge.

–L'angle per distingir la matrícula a penes dura un segon –va dir.

–Doncs torna enrere.

El Víctor va fer anar el DVD enrere i va congelar la millor imatge possible. La llum il·luminava de ple el rectangle blanc de la matrícula, tot i que una mica de biaix.

–Amplia-la!

El Víctor va prémer les tecles d'ampliació de la imatge. La va multiplicar per dos. Per quatre. I per vuit.

Resultat: res.

El vídeo no tenia prou definició. Quan ampliava la imatge de la matrícula, apareixien els quadrets típics de les fotografies molt pixelades. El Víctor va anar endavant i enrere, va intentar congelar la imatge en diferents moments, però el resultat era sempre el mateix: molts píxels i cap xifra.

Farta de cremar-me les celles, em vaig desesperar:

–És impossible!

El Víctor, molt concentrat, estava rebobinant.

–Quina llàstima! –vaig afegir–. Hi érem tan a prop...

–I hi seguim sent a prop –va replicar el Víctor.

–Però no es veu res.

–Ho sé.

–Aleshores?

–Anirem enrere. No hi has vist res d'estrany, en aquest Renault Clio?

–No.

–Jo, sí. Tornem al punt de partida.

El Víctor va prémer el play quan la mare apareixia per l'esquerra. Després, el pare i el paio de la gorra. Enraonaven tots tres. L'home de la gorra passava per davant del capó i es plantava davant la porta del pilot. El pare obria la del copilot i aixecava el seient per posar-se al darrere.

–No ho has vist? –va preguntar el Víctor.

–No. Què?

–El bony a la porta del copilot.

–Quin bony?

–La imatge no és gaire bona, però es nota amb el moviment i el reflex dels llums. Espera.

El Víctor va buscar el moment i va congelar la imatge.

–Ho veus, ara?

–Sí.

Va ampliar i va quedar claríssim. Hi havia un bony profund i ben marcat, com d'un xoc.

–I hi ha més coses –va anunciar el Víctor.

Va tornar a posar l'escena completa. Ara m'hi vaig fixar: la porta del copilot, segurament a causa del cop rebut, s'encallava. El pare havia de forcejar una mica per obrir-la.

–Ho he vist –vaig dir.

–Ho hem vist.

El Víctor es va reclinar al sofà, pensatiu. Jo no volia pensar, però pensava. I vaig començar a respirar de forma convulsiva i a tossir. Portava dies sense notar l'asma, però ho sabia: quan em poso nerviosa, o supernerviosa, o nerviosíssima, no falla. M'ofegava. Vaig treure l'esprai de la bossa, em vaig ruixar la boca i vaig aspirar. El Víctor em va ajudar i em va donar un parell de copets a l'esquena.

Em vaig escarxofar al sofà, com el Víctor. Tan pensativa com Víctor. Tots dos miràvem al sostre i intentàvem no dir en veu alta el que pensàvem, perquè ens feia por, moltíssima por, pensar el que estàvem pensant.

15
L'enigma Lutin

I en què estàvem pensant? Jo recordava el dia anterior, quan l'Arsène Lutin ens havia despertat a les sis de la matinada per anar a fer volar estels tibetans a la torre Eiffel. Ens havia dut amb el seu cotxe, un Renault Clio blanc. No es veuen gaires vehicles d'aquest model tan antic a París: la majoria ja són als tallers de desballestament. Jo havia obert la porta del copilot i m'havia adonat que tenia un bon bony. El cop devia haver estat d'upa, perquè les frontisses estaven mig desencaixades i em va costar obrir-la.

Allò era el que recordava, però estava massa atordida i confosa per treure'n cap conclusió. Era un record i una sospita. Però sospita, de què? Que el paio de la gorra vermella era el Lutin hàbilment disfressat, que convidava els nostres pares a pujar al seu cotxe per després segrestar-los? No tenia cap sentit. Esclar que, venint de l'Arsène Lutin, tenien cap importància el sentit o la manca de sentit?

Al final va ser el Víctor qui va trencar el silenci.

–Tenim una sospita?

–La tenim –vaig repetir.

–Però, hi ha cap manera de confirmar-la?

Vaig reflexionar uns instants.

–No –vaig respondre–. Sense la matrícula del cotxe, és impossible.

El Víctor es va aixecar i va començar a passejar d'un cantó a l'altre del menjador. Tot d'una, es va aturar i va fer petar els dits.

–Ja ho tinc! –va exclamar.

–Què tens?

–La possible prova.

El meu germà va anar corrents al nostre dormitori i, en mig minut, va tornar amb una fotografia a la mà. Me la va ensenyar.

–És el Paio –vaig dir–. El que ens seguia.

–Exacte –va respondre el Víctor–. Vaig imprimir una còpia de la seva cara, ara no sé per què.

–I de què ens serveix?

–Fàcil: si el Lutin ha col·laborat en el segrest dels pares, ha de conèixer el Paio.

–I els cops de puny d'ahir?

–Teatre.

Vaig esclatar a riure de pura histèria. Vaig haver de fer servir una altra vegada l'esprai, perquè m'ofegava. Quan em vaig calmar, vaig formular l'objecció.

–Suposem que l'encertes i el Lutin coneix el Paio. Com ho comprovarem?

–Si és el que m'imagino, n'hi haurà prou amb la portera. Madame Sabine Dubois.

–Ho dius de debò?

–No hi perdem res intentant-ho.

El Víctor tenia raó. Vam respirar fondo i vam baixar les escales. Vam haver de trucar tres vegades a la reixa de la porteria perquè madame Dubois es dignés treure el cap per la porta.

–Què voleu? –va bordar.

–Una pregunta molt senzilla. El coneix?

El Víctor li va mostrar la fotografia del Paio. A la cara de madame Dubois s'hi va dibuixar una ganyota de menyspreu.

–Esclar –va dir–. És el Marcel.

–Quin Marcel?

–El Marcel Chalavert. L'ajudant d'aquest murri de l'Arsène Lutin.

–No sabia que tingués cap ajudant.

–No és fix. Ve a temporades, segons com vagin els tripijocs del Lutin. Són molt amics, sovint van plegats a l'hipòdrom a jugar-se els diners i...

Madame Dubois va seguir esplaiant-se en pulles contra el Lutin i el seu ajudant, però jo ja no l'escoltava. El Lutin i el Paio, amics i còmplices! Vaig haver de recórrer altre cop a l'esprai i el Víctor em va aguantar perquè no caigués rodona a terra.

–Què li passa a la noia? –va demanar la portera, espantada.

–No res –va replicar el Víctor–, té asma i li agafen atacs quan es posa nerviosa. Ha vist el Marcel Chalavert tirat al parc!

–Déu meu! –va exclamar madame Dubois–. Segur que anava drogat.

–És probable.

–Déu meu! I era greu?

–Ho hauríem de veure. La meva germana l'hi acompanyarà. De pressa!

El Víctor em va picar l'ullet i vaig comprendre el que intentava: desempallegar-se una estona de madame Dubois. Així que em vaig apuntar al teatre amb total convicció.

–Vingui, madame Dubois! Era molt a prop, al parc.

Madame Dubois no entenia tanta pressa, però era més poderós el seu instint de portera tafanera que la seva mandra i el seu enorme pandero. La vaig arrossegar al carrer i vam creuar cap a la reixa del parc Buttes-Chaumont. Mentre avançàvem per una avinguda de grava, madame Dubois anava esmentant tots els greuges, reals o imaginaris, amb què el Lutin i el seu col·lega Marcel l'havien torturat els últims lustres. Jo n'estava tan farta que em vaig aturar i vaig assenyalar un massís d'arbustos.

–Era allà! Se n'ha anat.

–Segur?

–Sí. Estès a la gespa.

–No en veig cap rastre.

Madame Dubois es va entretenir una estona a fer de Sherlock Holmes sobre l'herba. Em va anar de meravella, perquè havia guanyat cinc minuts preciosos per al Víctor, però la dona es va acabar enfadant.

–M'has enganyat! Aquí no hi havia ningú. Sou pitjors que la pesta! Explicaré als vostres pares les vostres maniobres tèrboles: el Buca, l'Arsène Lutin, el Chalavert, els drogats del parc... Per cert, quan tornen del Mont Saint-Michel?

–Demà.

I va seguir donant-me la tabarra fins que la vaig deixar a la porteria.

–I no em diguis mai més res. Mentidera! –em va recriminar abans de tancar-me la porta als nassos.

L'insult, agreujat pel fet que era cert, a penes em va afectar, perquè tenia pressa per trobar el Víctor. Anava a pujar a l'ascensor quan el vaig sentir.

–Xxxxt. Soc jo.

Em vaig tombar. M'esperava en una cantonada del passadís. Estava eufòric: em va mostrar un clauer amb un manat de claus.

–Ho has fet perfecte! –va dir.

–Són les claus del Lutin?

–Exacte.

Vam arribar en silenci davant la porta del despatx. El Víctor va provar dues claus endebades. La tercera va obrir.

Vam entrar. El Víctor va tocar l'interruptor, però el vaig frenar.

–No. El Lutin podria veure-ho tot des de fora, si arriba.

–Tens raó.

Va apagar el llum.

–Ja hi som –vaig dir–. I ara, la pregunta del milió: què busquem?

–Una cosa inesperada.

–Com quina?

El Víctor va arronsar les espatlles i es va adreçar a un arxivador. El va obrir, en va treure alguns expedients i els va fullejar. Jo, per no ser menys, vaig remenar les prestatgeries amb els dispositius informàtics i els *gadgets*. Després vaig localitzar un armari ple de disfresses: vaig descobrir l'esmòquing que havia portat el Lutin la nit anterior i la perruca rossa amb la qual havia cobrat la seva aposta als cavalls en bitllets de dos-cents euros. Aleshores vaig tenir la idea!

I vaig iniciar l'escorcoll de l'armari: lent, exhaustiu i sistemàtic, de dalt a baix. Vaig moure tota mena de màscares exòtiques i disfresses extravagants. Ho vaig fer amb paciència i tremp, i vaig obtenir el premi a l'últim calaix.

–Víctor! Ja ho tinc.

El meu germà se'm va acostar i li vaig mostrar la troballa:

Una perruca de cabells llargs i grisos, una barba postissa també grisa i unes ulleres amb muntura de carei. I el més cridaner i decisiu: una gorra de beisbol vermella.

–Era ell! –va murmurar el Víctor.

–Sí: era ell.

Vora la gorra vermella, hi havia un pot de pols de maquillatge per enfosquir la pell i així adquirir l'aspecte d'indi guatemalenc. Tot estava previst!

I, a més, amb absoluta premeditació. L'Arsène Lutin sabia que, seguint la pista del vídeo del BNP, podíem identificar el seu cotxe. La nit anterior, a Le Pigeon, ens havia enganyat assegurant-nos que era impossible aconseguir les imatges. I després... Ho vaig recordar de sobte! El Lutin s'havia apartat per fer una trucada breu. Era fàcil reconstruir el que havia passat: el Lutin havia enraonat amb el seu còmplice Marcel Chalavert per preparar el simulacre de baralla i muntar el numeret de la targeta de l'Ambaixada de Guatemala, amb la qual ens arrossegaria cap a una pista falsa. Més encara: a penes tres hores abans, el Lutin havia demostrat clarament que no li agradava gens que haguéssim tafanejat a l'oficina del BNP.

El Víctor i jo havíem desobeït el Lutin i l'havíem desemmascarat. I, tot d'una, tornàvem a estar sols, indefensos, perduts a París, amb els pares segrestats i sense cap ajuda.

–M'agradaria pensar que tot plegat és una broma –vaig dir.

–A mi també.

–Però en tenim massa proves, oi?

–És cert –va afegir el Víctor–, però segueixo sense entendre-ho. Per què està barrejat, el Lutin, en aquest segrest? Què hi té a veure amb Guatemala i el cop d'estat? Quin és el mòbil? Què pretén?

No vaig respondre perquè no en tenia ni idea. Estava massa atordida pel cop. El Lutin era tan simpàtic, tan divertit, tan agradable! I la seva dona, l'Armance, m'havia semblat meravellosa. També ella era còmplice? Ajudava el Lutin en els seus tripijocs? O era només, com nosaltres, una víctima enganyada pel seu carisma?

–Ara tenim avantatge –va dir el Víctor–. Nosaltres ho sabem, però el Lutin no sap que ho sabem.

–Quin embarbussament més bonic.

–Bonic i útil. Hem investigar el Lutin sense que se n'adoni. I, a través d'ell, arribar fins als nostres pares.

–Sense que se n'adoni? Però si ens coneix! –I, de sobte, vaig afegir:– Silenci.

–Què passa?

–Arriba. Amaguem-nos!

Per les escletxes de la gelosia, havia vist l'Arsène Lutin creuant el carrer. Després d'uns instants de dubte, el Víctor i jo vam endreçar a correcuita les disfresses i els papers que havíem escorcollat i ens vam amagar darrere un sofà enorme, cobert de trastos, que era al racó més fosc del despatx. Vam esperar, aguantant la respiració. Vam sentir les claus que giraven al pany i la porta es va obrir.

16
El rescat

Ni el Víctor ni jo no gosàvem treure el cap. El Lutin va encendre els llums, va avançar unes passes i va seure a la taula. Va despenjar el telèfon i va marcar un número.

–Em posa amb el Patricio Comillas, sisplau? –va dir Lutin.

El Víctor i jo ens vam mirar en silenci. Es coneixien! Totes les peces anaven encaixant.

–Patricio? Soc jo, el Lutin.

–...

–Tot segueix segons els plans previstos. Ara entrem en la fase final. [...] Els nois? No t'amoïnis: els tinc totalment despistats.

–...

–Sí, tenen diners, ho he comprovat piratejant-los els comptes corrents dels bancs a Catalunya [...]. Caldrà ultimar els detalls.

–...

–Entesos. A les quatre al bistrot Le Passage. On queda?

–...

–Només a cent metres d'El Quetzal? Entesos, quedem allà.

El Lutin va penjar i vam sentir l'interruptor d'engegar l'ordinador. El Víctor i jo estàvem molt incòmodes, l'un gairebé damunt de l'altre, i ens costava molt no bellugar-nos. Vaig consultar el rellotge: eren les tres menys cinc. Li vaig assenyalar l'hora al Víctor i es va calmar: va entendre que si el Lutin volia arribar al barri de Montparnasse a les quatre, no podia entretenir-se gaire.

M'imagino que va contestar correus i va fer algunes gestions urgents. Després va apagar l'ordinador i es va aixecar. Vam sentir soroll de papers i carpetes. Què feia? S'havia adonat que algú les havia mogut del lloc? La gent caòtica, com el Lutin, acostuma a tenir formes extravagants d'organitzar les coses i s'adonen de seguida si hi ha res que no és al seu lloc.

Després va avançar unes passes i es va plantar davant de l'armari de les disfresses. Jo estava a punt de patir un atac d'asma, però el Víctor em va travessar amb una mirada tan emprenyada i urgent que em vaig reprimir.

El Lutin va tancar la porta de l'armari. Després va apagar els llums i va marxar. Jo vaig esperar exactament vint segons (de rellotge) abans de permetre'm tenir el conseqüent atac de tos i utilitzar l'esprai antiasma. Però estava satisfeta: havia resistit i seguíem la pista bona.

«Sí, tenen diners, ho he comprovat», havia dit l'Arsène Lutin al Patricio Comillas. Avançàvem de pressa i ja teníem una idea del mòbil del segrest: cobrar un rescat. Però tots els nostres plans, que es basaven en la col·laboració del Lutin, s'havien trastocat.

–Com ens ha manipulat, el Lutin! –vaig exclamar.

–Podríem haver-ho ensumat abans –va respondre el Víctor–. Recorda com em va guanyar cinc euros als escacs. El molt cabró!

–No ens autoflagel·lem. Mirem endavant.

–Tens raó. I, tal com ho veig ara, cal anar a la policia.

–Segur?

–El millor argument és que el Lutin, des del principi, va dir que no anéssim a la policia. Per què? Per tenir el camp lliure per les seves intrigues i entretenir-nos amb gestions absurdes. Tan bon punt la policia tingui totes les dades, l'arrestarà i alliberarà els pares.

–Potser –vaig replicar–. Però ens creuran?

–Esclar. Ho hem descobert tot!

–Però sense proves –vaig replicar–. No tenim res. Pensa-ho bé. Som dos menors d'edat, estrangers a

París, i anem a comissaria a denunciar un segrest de fa dos dies. I acusem un detectiu francès! Amb la complicitat del propietari d'un restaurant guatemalenc!

–Tenim els anònims.

–Ni tan sols demanen rescat. Qualsevol podria haver-los fet.

El Víctor va dubtar uns instants i va consultar el rellotge: ja eren les tres i vint. Es va plantar davant de la prestatgeria on s'amuntegaven els *gadgets* de detectiu privat del Lutin i es va gratar la barbeta, un senyal evident que acabava de tenir una idea.

–Molt bé, Pensadora –va dir–. Tens raó.

–Perfecte, Executor –vaig respondre somrient–. Què fem?

–Molt fàcil: reunir proves.

–Com?

–Tenim els *gadgets* del Lutin i sabem el lloc i l'hora de la seva entrevista amb el Comillas. Tenim el temps just. En marxa?

–En marxa.

Víctor va remenar tota mena d'aparells fins a trobar el que buscava: una petita gravadora digital, que anava connectada a un micròfon direccional molt petit. Era com una mini antena parabòlica d'uns cinc centímetres de diàmetre, ideal per amagar-la en llocs tancats.

Mentrestant, vaig escorcollar l'armari de les disfresses fins a trobar barbes i perruques que fossin prou contundents per amagar els nostres rostres, però no tan estrafolàries per cridar l'atenció. Jo em vaig recollir els cabells i em vaig posar una perruca de noi i ulleres de sol. Per la seva banda, el Víctor es va emprovar una barba negra.

Pel que fa a la roba, era millor no posar-nos res del que guardava el Lutin, perquè la reconeixeria de seguida. Vam pujar a casa. Jo em vaig posar un vestit jaqueta de la mare i sabates de taló, i el Víctor un vestit gris amb corbata blava del pare. Jo em vaig posar unes arracades de disseny i em vaig pintar una mica de carmí els llavis, mentre que el Víctor es posava unes ulleres de pare, molt modernes i amb poca graduació. A més, vam agafar un parell de maletins de cuir negre. Ens vam observar al mirall, satisfets: teníem l'aspecte d'una parella de joves *yuppies*.

Eren quasi tres quarts de quatre i ens vam afanyar. En comptes d'anar en metro, vam agafar un taxi.

–Al bistrot Le Passage –va dir el Víctor–. A prop de Montparnasse. El coneix?

–Perfectament –va respondre el taxista.

Era una cafeteria molt gran, amb una enorme planta baixa i un altell, i una decoració moderna.

–Ens va perfecte –va xiuxiuejar el Víctor.

–Ara falta veure on són.

Els vam veure només entrar. L'Arsène Lutin i el Patricio Comillas, en una taula de marbre, davant de dues tasses de cafè, enraonaven de forma despreocupada.

–Serà fàcil –va murmurar el Víctor–. Pugem a dalt.

Vam pujar a l'altell i vam seure vora la barana. La taula del Lutin i el Comillas quedava a sota, just a tres metres en línia recta. El detectiu ens donava l'esquena. Pel que fa al guatemalenc, només ens havia vist un cop, el dia abans, i era molt difícil que es fixés en nosaltres.

Vam demanar dos cafès descafeïnats i el Víctor va muntar l'aparell. Va posar en marxa la gravadora digital, va connectar el micròfon, me'l va passar i em va donar instruccions:

–Ara, dissimuladament, passa el micro entre els barrots de la barana i orienta'l cap a la seva taula.

Ho vaig fer. El Víctor havia connectat uns auriculars a la gravadora i escoltava amb molta concentració.

–No sento res. Mou el micro.

El vaig reorientar.

–Massa brusc. A poc a poc. Ha de quedar encarat exactament cap a la taula. Si no, no tindrem res.

El vaig moure molt, molt lentament. Tot d'una, el Víctor em va fer un senyal.

–Aquí!

Em vaig aturar. Però segurament vaig moure el micro un mil·límetre de més, perquè el Víctor em va demanar de seguir buscant. Allò era molt més difícil que sintonitzar una emissora rara per ràdio!

Hi vaig tornar a reeixir. Em vaig aturar, tensa. El Víctor va afirmar amb el cap. El Lutin i el Comillas havien canviat la seva actitud inicial, més aviat distesa, per un posat conspirador. Els dos s'inclinaven sobre la taula i parlaven en murmuris. No sabien que el Víctor, reconcentrat i seriós, ho sentia tot a través dels auriculars.

Als tres minuts, el Lutin va obrir els braços i es va repenjar al respatller de la cadira. El Comillas va somriure. Van encaixar. Semblava que havien arribat a un acord. L'Arsène Lutin es va aixecar, va mirar al seu voltant, va saludar amb la mà i va sortir del bistrot. El Patricio Comillas es va acabar el cafè, va cridar el cambrer, va pagar i va tocar el dos.

–Ho tens? –vaig exclamar, només perdre'l de vista.

–Tot!

–Què han dit?

–T'ho poso i tornem a sentir-ho.

El Víctor va tirar enrere la gravació. Es va ficar un dels auriculars a l'orella i em va donar l'altre.

Va prémer el play. Vaig sentir cruixits, sorolls de fons i, de sobte, una veu llunyana: la del Lutin. La conversa, descomptats els moments en què les paraules es perdien, va ser literalment com segueix:

LUTIN: [...] Estan espantats i cediran [...] no hi ha pistes a seguir. [...] Pagaran el que se'ls demani.

COMILLAS: [...] Són menors d'edat. No tenen accés als comptes corrents dels seus pares. Què podem fer?

LUTIN: Ja ho tinc previst perquè [...] Ells coneixen els amics dels pares. Caldrà portar-los a París. S'ocuparan de les formalitats del rescat. Ara cal enviar l'anònim [...]

COMILLAS: [...] Almenys un milió [...] Ens hem pres moltes molèsties i [...]

LUTIN: Ni parlar-ne. Un milió és massa.

COMILLAS: No deies que són rics?

LUTIN: Però no tant [...] Centrem-nos en els seus estalvis. Els que tenen liquiditat. Han de pagar als seus amics [...] Amb quatre-cents mil aniríem la mar de bé.

COMILLAS: Només dos-cents mil per a mi?

LUTIN: Què més vols? Ha estat un segrest fàcil, oi?

COMILLAS: És poc [...]

LUTIN: [...] Qui tot ho vol, tot ho perd [...] Si en són quatre-cents mil, serà fàcil, ràpid i sense risc. Els tindrem en un parell de dies, com a molt [...]

COMILLAS: [...] El repartiment [...] Bancs [...]

LUTIN: [...] tràmits senzills [...] Suïssa és fàcil. Tinc els números dels comptes [...]

COMILLAS: [...] M'has convençut [...] D'acord.

LUTIN: Demà et dic alguna cosa.

COMILLAS: Demà passat, rics [...]

17
A la policia!

Cruixit i fi de la conversa. El Víctor no deia res: sobraven els comentaris. En aquells minuts de conversa hi era tot: el segrest, els quatre-cents mil euros del rescat, els dos còmplices... i fins i tot els bancs suïssos! La prova era tan contundent que cap policia assenyat no podria rebutjar-la.

–I ara –vaig dir–, anem directes a una comissaria.

–A quina?

–Al barri n'hi ha una, te'n recordes?

–És veritat. A la rue Fessart: hi hem passat un munt de vegades per davant.

Vaig desar la gravadora i el micro a la bossa, vam pagar i vam sortir disparats cap al metro. Vam baixar a l'estació de Gare Montparnasse, vam pujar al primer comboi i vam respirar alleujats. Estàvem tan nerviosos que ens vam abraçar i tot.

–Ho hem aconseguit!

–En mitja hora, serem a la policia i tot estarà resolt.

En plena eufòria, vaig notar una empenta i em vaig tombar. Em vaig quedar gelada.

Era el Paio. O, segons informació proporcionada per madame Sabine Dubois, Marcel Chalavert, ajudant, company i, en aquest cas, còmplice, de l'Arsène Lutin.

El Chalavert em va somriure i va saludar amb una inclinació de cap.

–Em permet? –va dir.

–Passi, passi –vaig respondre.

El Chalavert va seguir fins al fons del vagó.

–Maleït sia! –va exclamar el Víctor–. Com ens ha trobat?

–Per casualitat.

–No hi ha casualitats en aquesta història. Què hi fa, aquí, el Paio?

–Trucar per telèfon.

En efecte: el Chalavert, sense deixar d'observar-nos de reüll, parlava i explicava alguna cosa amb grans gesticulacions. Va penjar, va guardar el mòbil, es va recolzar a l'envà del vagó i va tornar a saludar-nos amb la mà.

–I ara, què fem?

–Continuar –va dir el Víctor.

–Però tenim el Paio al darrere.

–Tant li fa. Ens segueix, simplement. Nosaltres anem passejant fins a la policia i entrem. Quan vulgui reaccionar, ja serem a dins.

–Segur?

El Víctor em va mirar de reüll i va mirar de reüll el Paio.

–No –va dir.

Però el vaig entendre: almenys, calia intentar-ho. Era la nostra única possibilitat. Vam fer transbord a la Gare de l'Est i vam agafar la línia taronja. El Marcel Chalavert no ens deixava. Vam baixar a Jaurès i vam emprendre la ruta com si tornéssim al nostre pis de la rue Manin.

–Ho veus? –va dir el Víctor–. Tot tranquil.

Efectivament: el Chalavert ens seguia a deu metres de distància. Vam arribar a l'alçada del carrer, però en comptes d'internar-nos-hi cap al número 20, vam tirar cap al parc Buttes-Chaumont. En aquest punt, l'esbirro del Lutin es va alarmar, va accelerar el pas i se'ns va plantar al davant.

–Bon dia, nois –va dir.

Em vaig espantar tant que em vaig ruixar amb l'esprai.

–Tranquil·la –va afegir el Chalavert–. No us passarà res de dolent.

–Segur? –va respondre el Víctor.

–No, si seguiu les meves instruccions.

–I si no les seguim?

El Chalavert va somriure i va moure la mà dreta, amagada a la butxaca de la caçadora texana. Sabia el que volia dir aquest gest: ens apuntava discretament amb una pistola. Jo vaig tossir, però el Víctor semblava tranquil.

–Esperi, he d'ajudar la meva germana.

Em va agafar les mans.

–Al meu senyal, a l'esprint –va xiuxiuejar.

–Però Víctor...

–Qui és el Executor?

Vaig assentir.

–Ara! –va cridar.

Vam sortir tots dos d'estampida, i vam deixar el Chalavert prou descol·locat per agafar deu metres d'avantatge. A més, el Víctor era astut: havia donat l'ordre just quan el semàfor per creuar el carrer estava a punt de canviar a vermell. Vam córrer per la rue Botzaris i vam girar a l'esquerra per Fessart. La bandera tricolor francesa onejava al portal, on dos gendarmes uniformats muntaven guàrdia. Però quan semblava que teníem l'èxit a l'abast de la mà, va passar l'inesperat.

L'Arsène Lutin es va aixecar d'un banc i ens va tallar el pas.

–On aneu tan de pressa?

Ens vam quedar paralitzats.

–Aneu a comissaria? –va dir amb un to amable i vagament irònic–. Per què?

–Deixa'ns passar –va respondre el Víctor amb fermesa.

–Jo potser us deixaria –va dir–. Però ella...

Va inclinar el cap cap a la butxaca de la seva americana. També ens amenaçava amb una pistola. En aquell moment, arribava el Marcel Chalavert.

–Ets un inútil –li va etzibar el Lutin–. Gairebé hi arriben.

–Perdó, cap.

–Ni perdó, ni hòsties –va replicar el Lutin–. Sort que et conec i m'he imaginat que la cagaries. I ara, nois, en marxa.

–En marxa, cap a on? –vaig demanar.

–Al meu despatx.

Però el Víctor va somriure i va replicar:

–Ho dubto, Lutin. Anem a comissaria.

–En aquest cas...

El Lutin va moure la mà dins la butxaca de la jaqueta.

–No m'ho empasso, Lutin. Som a vint metres d'una comissaria, al centre de París. Amb desenes de policies i centenars de testimonis. De debò dispararies...?

Abans que el Lutin tingués temps de reaccionar, es va posar a córrer cap a la comissaria.

–Auxili! Policia! –va cridar–. M'amenacen amb una pistola!

I de seguida es va desencadenar una escena caòtica. Els dos gendarmes de guàrdia van preguntar al

Víctor què passava. Jo vaig córrer darrere seu i vaig confirmar, també atropelladament, les acusacions. Mentrestant, el Lutin i el Chalavert s'havien quedat immòbils a la vorera, com si no tinguessin res a amagar, i ens miraven de fit a fit.

Un dels gendarmes es va acostar al Lutin.

–El noi diu que l'amenaça amb una pistola –li va dir.

–Una pistola? –va repetir el Lutin–. Està boig.

–Puc comprovar-ho?

–Per descomptat.

Els dos gendarmes van escorcollar-lo: no portava cap arma al damunt. Tot responia a l'enèsim truc del detectiu prestidigitador.

–Escorcollin també l'altre, no? –va suggerir el Lutin, assenyalant el Chalavert.

Evidentment, l'ajudant tampoc no duia revòlver. Els gendarmes van començar a mirar-nos malament: els havíem enganyat i, a sobre, els havíem deixat en ridícul. Per sobreposar-se, el Víctor va explicar la segona part de la nostra història.

–Aquests dos homes són segrestadors –va declarar–. Han capturat els nostres pares i els tenen retinguts com a ostatges.

–De debò? Des de quan?

–Des de fa dos dies –vaig intervenir per donar més credibilitat a les explicacions del meu germà.

–I no havien presentat cap denúncia?

–No.

–Per què?

–Perquè ell ens ho va recomanar –vaig dir assenyalant el Lutin–. Li vam demanar ajuda perquè no sabíem què fer. Ell és detectiu privat.

–A veure... –va respondre un dels gendarmes–. És detectiu privat i, alhora, segrestador?

El seu to era cada vegada més irònic. L'Arsène Lutin somreia i arronsava les espatlles.

–És cert que vostè és detectiu?

–Sí. Amb llicència.

El Lutin es va ficar la mà a l'infern de l'americana, va agafar la cartera i va mostrar el seu permís.

–Sembla en regla, senyor Lutin.

–Completament.

–I aquesta història que expliquen els nois? –va preguntar el gendarme.

–O és una broma o els ha trastocat el sol de París –va respondre rient–. Són veïns meus a la rue Manin, per això ens coneixem. Però vaja: podem posar-nos còmodes a comissaria i aclarir aquest embolic. Per la meva banda, cap problema.

–I per la vostra? –va preguntar un gendarme.

–Tampoc! –va exclamar el Víctor.

Vam pujar els esglaons darrere dels gendarmes i ens van deixar en una mena de saleta d'espera amb una taula de fòrmica i algunes cadires de plàstic. L'Arsène Lutin va seure i va començar a xiuxiuejar amb el Chalavert. Semblava haver recuperat el bon humor: ens mirava de reüll i somreia. En canvi, el Víctor i jo estàvem emprenyats i indignats, davant del fet evident que ens costaria molt aconseguir que la policia ens cregués.

Al cap de dos minuts, va entrar un sergent. Va veure el Lutin, va obrir els braços i el va saludar amb afecte.

–Arsène! –va exclamar–. Com va la vida? i els teus trucs?

–Doncs mira –va respondre el detectiu–. M'acusen de segrest.

–No fotis! Qui?

–Aquests nois.

–Esclar. I també t'acusaven d'anar armat.

El sergent era un individu calb, amb la pell rosada i un bigoti espès que li cobria el llavi superior. El seu to de veu natural semblava ser el sarcasme. Se'ns va acostar amb pas marcial, colpejant amb força el paviment amb els talons.

–Soc el sergent Gobineau. Els vostres noms?

–Víctor Peris.

–Marta Peris. Som espanyols.

El sergent Gobineau ens va observar.

–Acuseu l'Arsène Lutin d'haver segrestat algú? –va demanar.

–Sí –vaig respondre.

–D'acord. A qui?

–Els nostres pares.

–Saps que és una acusació molt greu? Ho saps, oi?

–Esclar.

–En aquest cas, espero que en tinguis alguna prova.

–La tinc! –vaig exclamar–. Tinc una gravació en què l'Arsène Lutin i el seu còmplice, el Patricio Comillas, ho expliquen tot.

Gobineau va assentir en silenci, mentre jo buscava la gravadora i el micro direccional a la bossa. Vaig regirar i regirar, en va. A cada moviment meu de braç, el Víctor alçava més les celles i el Gobineau havia d'esforçar-se per dissimular la rialleta.

A la fi, em vaig resignar: la gravadora havia desaparegut!

–Puc veure aquesta prova, mademoiselle?

–Senyor Gobineau...

–Sergent! –va corregir.

–Sergent Gobineau, jo no...

–No cal que m'ho digui –va tallar amb sarcasme–. Ho endevinaré: resulta que l'ha perduda.

–Doncs sí. L'havia deixada a la bossa i...

Llavors, el Víctor va intervenir. Va assenyalar el Chalavert.

–Ha estat ell, sergent! –va declarar.

–De debò?

–És el lladre!

–Ah! I en té alguna prova?

–Ens ha seguit quan anàvem en metro –va exclamar el Víctor– i li ha clavat una empenta a la meva germana. Segur que ha aprofitatel per robar-li la gravació.

Sense dir res, Chalavert va aixecar els braços i es va oferir al sergent Gobineau, que el va escorcollar amb desgana.

–No té res.

–Però ha estat ell! –va repetir el Víctor.

–Silenci! Ja n'hi ha prou. Fa massa estona que sento acusacions inversemblants i teories delirants. I sense cap prova! Conec el senyor Lutin des de fa deu anys. O sigui que fora de la meva vista. Tinc feina.

El sergent Gobineau ens va acompanyar a la porta. El Víctor i jo vam sortir amb la cua entre les cames, mentre el Lutin i el Chalavert es quedaven de tertúlia amb els policies.

–Espereu fora –em va dir el Lutin–. Hem de parlar.

I em va picar l'ullet.

18
La història, des del principi

Però els gestos de complicitat de l'Arsène Lutin ja no em feien cap gràcia: més aviat em semblaven sinistres. El Víctor i jo vam sortir al carrer, vam baixar els esglaons, vam saludar els dos gendarmes de guàrdia i ens vam mirar l'un a l'altre, desolats, sense saber què fer.

–El Lutin demana que l'esperem –vaig dir sense fe.

–Raó de més per tocar el dos. Ves a saber què està tramant!

–Què fem, doncs?

–Anar-nos-en!

El Víctor va arrencar a córrer per la rue Fressart fins a Botzaris, en paral·lel al parc Buttes-Chaumont. El vaig cridar i, a la fi, es va aturar, descol·locat.

–On anem?

–No ho sé.

–No té sentit fugir –vaig respondre–. I menys a la babalà.

–És cert.

–Hem de donar-nos un temps per descansar i reflexionar. Tornem a casa?

–Però el Lutin ens hi trobarà –va replicar el Víctor.

–És massa llest. Ens trobarà, fem el que fem.

El Víctor va arronsar les espatlles.

–Ens donem per vençuts, doncs? –va dir.

–No. Només només descansem una mica.

Madame Dubois era al fons de la porteria amb la tele a tot volum. Vam pujar a l'ascensor de fusta i vam entrar a casa.

–Tu fes el que vulguis –vaig dir–, però jo em fico a la banyera.

–Si han de liquidar-te –va respondre el Víctor–, que et trobin perfumada.

–No facis bromes.

–Afanya't, que jo m'hi ficaré després.

Em vaig banyar, em vaig rentar el cap, em vaig posar condicionador i em vaig eixugar. Enfundada al barnús, vaig dedicar una bona estona a desenredar-me els rínxols, mentre el Víctor taral·lejava *November rain*, de Guns N' Roses, malgrat que érem a l'agost. Em vaig vestir amb roba neta, em vaig posar unes sabatilles, em vaig tirar al sofà del menjador i vaig encendre la tele. Volia relaxar-me i no pensar res. Quan el Víctor va acabar, se'm va seure a la vora, i tots dos vam aconseguir, a l'unísón, relaxar-nos.

Fins que va sonar el timbre.

–Serà el Lutin? –vaig dir.

–Qui, si no?

Ens vam aixecar i vam obrir l'espiell. El Lutin, en efecte, estava plantat al replà.

–Què vols? –va dir el Víctor.

–Entrar i enraonar.

–No.

–No vaig armat –va afegir rient.

–En aquest cas, menys encara –vaig afegir–. Ho sabem tot. Si vols passar, esfondra la porta.

–No cal. Tinc un rossinyol.

El Lutin el va treure de la butxaca i el va mostrar.

–Estic emprenyat –va dir el Víctor–. Tinc un bat de beisbol preparat per atonyinar-te.

–No et crec, xaval. Tot ha estat un joc. Els vostres pares no estan segrestats ni ho han estat mai.

–No et creiem.

–Penseu que és un altre truc?

–Sí.

–Doncs analitzem els meus trucs –va explicar el Lutin–. Suposo que no em considerareu tan idiota per no adonar-me que, aquesta tarda, m'heu escorcollat el despatx. He sabut que estàveu amagats en tot moment. La meva conversa telefònica amb el Patricio Comillas era teatre. Pel que fa a l'escena a Le Passage, el mateix. Us he vist entrar. Tu, Víctor, amb la barba postissa i aquest vestit del teu pare on n'hi cabrien dos de la teva mida. I, què dir de la teva germana? Caminava trontollant sobre els talons de la seva mare com si anés a caure en qualsevol moment. Però, a part d'aquests detallets, ho heu fet prou bé amb el micròfon direccional.

Vaig empassar saliva i no vaig respondre. El Lutin va prosseguir:

–Sou bons detectius. Però encara no supereu el mestre.

–On són els nostres pares?

–A l'Hotel Hilton Alma. Amb vistes a la torre Eiffel i al túnel d'Alma, on es va matar la Lady Di. Fan el guiri i sopen en restaurants romàntics mentre vosaltres jugueu a fer de detectius amb el bon jan de l'Arsène Lutin i us banyeu al Sena. Voleu trucar al Hilton Alma? Habitació 652. Serà fàcil.

El Víctor i jo ens vam mirar bocabadats.

–Què fem? –va murmurar el meu germà.

–Deixem-lo passar.

–Tu què creus?

–Que em sona que és veritat...

El Víctor es va gratar el clatell.

–A mi també –va dir.

Vam obrir la porta i el Lutin va aparèixer, esplèndid, rient i mostrant-nos una butxaca de l'americana sense pistola i, a l'altra butxaca... la gravadora i el micròfon direccional!

–Aquí teniu les vostres «proves».

–Gràcies –va grunyir el Víctor.

–I ara, tindrem una llarga xerrada –va prosseguir–. Teniu cap cerveseta? Uns cacauets?

Va seure al sofà, va apagar la tele amb el comandament a distància i va obrir la llauna de cervesa que jo li havia servit.

–I vosaltres? Unes Coca-Coles?

–No, gràcies.

–Però seieu, nois. Us veig de mal humor. I ho comprenc. Quins nervis, oi?

Vam seure. El Lutin va fer un bon glop de la llauna de cervesa.

–Per on comencem? –va demanar.

–Pel principi.

–Bona idea. Vau arribar a París un diumenge, els vostres pares van sortir a fer el turista i a veure monuments. Vosaltres us vau quedar connectats a l'Instagram i mirant sèries a la tele i ells es van emprenyar. De tornada, van passar per davant de la meva porta: «Arsène Lutin. Detectiu privat». Aleshores es van assabentar del cop d'estat a Guatemala i se'ls va acudir una idea. Una idea embrionària però potent. Em van visitar dilluns i vam mantenir una primera entrevista.

–Mentre nosaltres, aquí dalt, consultàvem l'Instagram i miràvem sèries a la tauleta –va completar el Víctor.

–Exacte. Es van presentar: senyors Peris, advocats, espanyols, intercanvi de pis amb matrimoni de Guatemala, amb dos fills que no volen sortir de casa per visitar París. Van plantejar la seva idea: fingir un segrest i, d'aquesta manera, aconseguir que desconnecteu de l'Instagram i us espavileu pel París real, parlant en francès amb tothom. Perquè el segrest fos versemblant, es podia plantejar com una confusió, comptant amb el cop d'estat a Guatemala. I també se suposava que vosaltres, sols i desemparats a París, vindríeu a demanar-me ajuda, a mi, al veí detectiu. A partir d'aquest moment, els vostres pares s'amagarien i jo us muntaria alguna mena de gimcana detectivesca, realista i emocionant, però inofensiva, per París.

El Víctor i jo estàvem perplexos. Els nostres pares ens havien fet una broma, no pesada, sinó pesadíssima. Havíem patit. Ho havíem passat fatal. Havíem suat la cansalada, I mentrestant, ells eren en un hotel de luxe, el Hilton Alma!

–És indignant! –vaig exclamar.

–No tenen vergonya!

–Com han pogut tractar-nos així?

–Ens han fet patir expressament.

–Han deixat que els creguéssim segrestats.

–O en perill de mort...

–O morts...

Vam estar una bona estona dient penjaments dels pares. Era comprensible, en un moment com aquell. El Lutin, en silenci, ens observava amb un somriure irònic.

–Heu acabat? Esteu més relaxats? –va dir quan vam acabar de cridar i d'esplaiar-nos.

–Sí.

–Us sembla bé que continuï?

–Sí.

–Bé. Els senyors Peris em van explicar el projecte i em van oferir un bon salari: tres mil euros per tres dies de feina. Però, d'entrada, no m'interessava.

–Per què?

–Era un cas d'aficionats. Avorrit. Com un divorci, però en versió pares i fills.

–Però vas acabar acceptant el cas –vaig replicar.

–Sí. Després d'una llarga xerrada. Quan vaig entendre quines eren les veritables motivacions dels vostres pares... Aleshores vaig canviar d'opinió i vaig entendre que podia divertir-me.

–Rient-te de nosaltres?

–No us feu els ofesos. Tots –va subratllar Lutin– ens hem divertit amb aquesta història. A partir de les dades que em van oferir els vostres pares, vaig planificar un seguit d'investigacions per entretenir-vos durant tres dies. El segrest era el més simple. Em vaig disfressar de manera que us fos fàcil seguir-me la pista. Em vaig citar amb els vostres pares a la braseria Mignon, després vam anar a Le Pigeon i vam marxar amb el meu Renault Clio, que vaig aparcar deliberadament davant del BNP i la seva càmera de seguretat.

–No m'ho crec –vaig objectar.

–Conec el barri pam a pam, Marta. Tot estava previst. Aquella nit, vaig deixar els vostres pares davant del Hilton Alma i hi van reservar habitació. Jo havia de tenir cura de vosaltres, posar-vos feinetes de detectiu i informar-los puntualment cada nit. L'endemà, va començar la gimcana. Li vaig donar l'anònim al Buca. El meu ajudant, el Marcel Chalavert, us va seguir. Us vaig encarregar informes sobre Guatemala i el Patricio Comillas. Ho vau fer molt bé. Vau despistar el Marcel al *Bateau Mouche* i li vaig donar la direcció del restaurant del Comillas perquè us sentíssiu amenaçats. Però no: éreu valents. Molt bons. Superàveu totes les proves detectivesques amb nota. Per això, ahir us vaig posar l'examen més difícil: el del vídeo del caixer.

–Era un examen?

–Per descomptat. Havíeu demostrat que podíeu seguir la investigació a les meves ordres. Però, seríeu capaços de continuar-la sense mi? O, pitjor encara, de continuar-la contra mi? Sols, absolutament sols, a la mercè d'un detectiu sonat? Doncs bé, prova superada: vau aconseguir el vídeo, tot i que amb una mica d'ajuda meva, és clar, perquè jo vaig trucar al Joseph Maujean per avisar-lo de la vostra visita i facilitar-li el DVD amb les imatges, que jo mateix havia piratejat a la web del BNP. O us pensàveu que les aconseguiria aquest llepafils buròcrata del Maujean? I després una altra prova, la decisiva: em seguiu, enregistreu la conversa amb el Comillas i aneu a la policia. Sou magnífics! No havia tingut mai uns alumnes com vosaltres! Només puc dir-vos una cosa: Felicitats! Ho heu descobert tot. Fins on jo us he deixat, esclar...

L'Arsène Lutin es va acabar la cervesa d'un glop i jo, mecànicament, em vaig acostar a la cuina i vaig tornar amb una altra cervesa i dues llaunes de Coca-Cola. Vaig encetar-ne una. Estava deliciosa. Vaig fer més glops en silenci, mentre analitzava la narració del Lutin i notava com totes les peces encaixaven, una per una, fins a formar un dibuix inesperat. Tenia raó! Només podia ser com ell deia.

–No us ho prengueu a malament –va insistir el Lutin–. Heu tret molt bona nota.

–Gràcies –va grunyir el Víctor amb la Coca-Cola als llavis.

–De res.

Vaig rebobinar altre cop els esdeveniments. Tot quadrava i tot s'explicava. Tot, tret d'una frase enigmàtica pronunciada pel Lutin, com de passada, per restar-li importància. Vaig decidir aclarir-ho.

–Ens has explicat que vas acceptar el cas quan vas entendre quines eren les «veritables motivacions» dels nostres pares. A què et referies? –li vaig preguntar.

–Ho has pescat, oi?

–Doncs sí.

–Molt bé. Perquè és la clau de tot plegat. Després d'una llarga conversa, els vostres pares us van descriure amb una sola frase. Una frase que em va arribar a l'ànima.

–Quina frase?

–«No arribaran mai enlloc».

19
'No arribaràs mai enlloc'

El Víctor i jo vam assentir. El Lutin tenia raó: aquella era la frase preferida del pare i la mare, la que tenien sempre a punt, la que pronunciaven quan s'enfadaven o quan no fèiem exactament el que ens demanaven, la que repetien incansablement cada vegada que ens veien connectats a l'Instagram, o enganxats al WhatsApp, o mirant la tele, o quan ens negàvem a visitar el Museu del Louvre. Era com la tornada d'una mala cançó de Justin Bieber, que t'acabava perforant les orelles:

«Víctor, no arribaràs mai enlloc».

«Com segueixis així, no arribaràs mai enlloc, Marta.»

«Amb tanta tele, no arribareu mai enlloc.»

Etcètera. L'Arsène Lutin, amb la seva lucidesa i perspicàcia, havia identificat la frase que potser resumia de manera més perfecta la nostra relació amb els pares. O, per ser justos i no exagerar, la part dolenta de la nostra relació, ja que n'hi havia altres de molt bones.

–Et va dir això, la mare? –li vaig demanar.

–Sí –va respondre el Lutin–. I em va semblar graciós, perquè era exactament la mateixa frase que va repetir durant anys el meu pare: «No arribaràs mai enlloc».

–De debò?

–Literalment –va explicar Lutin–. Ja us he explicat que el meu pare, Auguste Lutin, era un professional seriós, que va arribar a ocupar un càrrec important a la Fiscalia de París. Ell volia que estudiés Dret i jo vaig optar per fer la carrera d'Enginyeria. Però només sortir de la universitat vaig renunciar a ser enginyer i em vaig apuntar a cursos de detectiu. Us imagineu què em deia el pare?

–Que no arribaries mai enlloc!

–Exacte. Vaig començar a fer de detectiu i em vaig canviar el nom: de Michel Lutin a Arsène Lutin. Com els de tots els detectius, els meus mètodes eren sovint rocambolescos i fregaven la il·legalitat, per dir-ho amb un eufemisme. Però ja us vaig explicar que jo no crec en les lleis, sinó en la justícia, i de vegades algú ha de crear dreceres. L'Arsène Lupin, per exemple... Heu llegit el llibre que us vaig prestar? *Arsène Lupin, gentleman cambrioleur*?

–Encara no.

–Doncs feu mal fet –va replicar el Lutin–. No m'entendreu fins que no el llegiu. Recordeu el que us acabo de dir! Fins que no capteu que l'Arsène Lupin, malgrat ser un lladre, és el més just i el més honrat dels homes. En fi: el pare i jo vam estar molts anys gairebé sense parlar-nos, fins que ell es va veure implicat en un embolic que va armar molt de soroll a França: l'afer Enjolivier. Us sona?

–No.

–Va ser el 2003. Al Google hi trobareu totes les dades, però us ho resumeixo. El Philippe Enjolivier feia vint-i-cinc anys que era alcalde d'Orleans i, com sol passar quan un càrrec dura massa, havia anat teixint una xarxa cada vegada més sòlida de martingales i corrupteles. Cobrava comissions per obres públiques, intervenia en requalificacions de terrenys, s'embutxacava grans sumes de diners i les desviava a paradisos fiscals. El cas va esclatar, es va publicar als diaris, va sortir a la tele, i el meu pare, com a fiscal, va ser l'encarregat d'investigar-ho. Ho va fer molt bé. L'Auguste Lutin era un fiscal competent. En un parell de mesos, va aconseguir algunes proves i el setge judicial al voltant de l'Enjolivier es va estrènyer. Aleshores va començar el joc brut. Un parell de diaris relacionats amb l'Enjolivier van començar a publicar notícies insidioses sobre el meu pare...

–De quina mena?

–Documents sobre presumptes comptes secrets a paradisos fiscals. El meu pare! Quan ho vaig llegir, no podia donar crèdit al que hi posava. Amb la meva experiència, de seguida em vaig adonar que les dades eren falses, però el mal ja estava fet. El ministeri de Justícia li va obrir expedient. El fiscal general el va apartar de l'afer Enjolivier i el va assignar a un col·lega seu, un nyicris inútil amb tendència a deixar-se intimidar. I, com que la justícia és tan lenta, podien passar anys abans que el pare pogués netejar el seu nom i tornar a ocupar-se del cas Enjolivier. Jo no podia tolerar-ho i vaig decidir actuar.

–Et va contractar el teu pare?

–Mai de la vida! –va exclamar el Lutin, rient–. Era un setciències, un cap quadrat i un cregut. No s'hauria rebaixat mai a demanar-me ajuda. No: vaig actuar pel meu compte. I, esclar, utilitzant mètodes que ell desaprovava. El Philippe Enjolivier era un paio molt llest, mafiós, desconfiat i inaccessible. Però estava envoltat d'alguns còmplices inútils. No vaig trigar a localitzar la baula feble de la seva trama corrupta: Charles Delliné, regidor a l'ajuntament d'Orleans, promotor immobiliari, jove, amb tirada exagerada a l'alcohol. Un cap de suro. El vaig vigilar i, en poc menys d'una setmana, disposava d'un informe boníssim, de les seves relacions amb una secretària municipal. En aquest punt, tot em va venir rodat. Em vaig citar amb ell, li vaig mostrar les fotos i li vaig fer xantatge... Ja sé el que direu: que el xantatge és il·legal. Inacceptable, m'hauria dit el pare. Però l'afer Enjolivier era gros i calia posar-hi remei. El Delliné va cedir i em va proporcionar dades molt valuoses sobre la trama de corrupció. Amb alguns números de comptes corrents i alguns *passwords*, vaig piratejar alguns bancs de les Illes Caiman i vaig rastrejar vincles entre operacions il·legals i l'alcalde Enjolivier. No eren proves decisives, però prou fortes per posar-lo en un compromís. Ja en tenia prou per assolir l'objectiu. Em vaig entrevistar amb l'Enjolivier i li vaig fer xantatge: o ordenava els seus esbirros de la premsa publicar noves dades i netejar el nom del fiscal Auguste Lutin, o feia públiques les meves investigacions. L'Enjolivier no em va fer cas. L'endemà em va enviar un parell de pinxos a casa, però ja els esperava, juntament el Marcel Chalavert i el Fabien Tiboulé. Els coneixeu, oi?

–Sí, esclar...

–Però no ho sabeu tot. El Fabien era campió de lluita lliure i el Marcel lluitava pel títol dels pesos semipesants de boxa. No us en donaré detalls: la pallissa que es van emportar els dos pinxos va ser de campionat. N'hi va haver prou perquè l'Enjolivier s'adonés que jo no era un llepafils legalista com el meu pare pare. Li vaig enviar un ultimàtum per telèfon i va cedir. Al cap d'una setmana, tots els diaris ho publicaven: noves proves demostraven la innocència del fiscal Auguste Lutin. Es va tancar l'expedient contra ell i va tornar al seu càrrec... El pare estava eufòric. Fins i tot em va trucar!

–Sabia que l'havies ajudat?

–Esclar. El pare era setciències i un cregut, però no tenia ni un pèl de ximple. Quan va detectar que els diaris a sou de l'Enjolivier canviaven d'orientació, ho va endevinar tot. Coneixia els meus mètodes!

–I els va aprovar?

–Sí. Em va convidar a dinar i em va felicitar. I em va demanar perdó per haver-me menyspreat tant de temps. Em va dir: «Has arribat a algun lloc. A salvar-me». I no només això: em va oferir seguir treballant per a ell, a la fiscalia. De vegades, els fiscals contracten detectius privats per investigar casos tèrbols, precisament perquè els detectius privats poden actuar una mica al marge de la llei. Vaig acceptar, encantat. Vam treballar plegats. Al cap de quatre anys, el Philippe Enjolivier va ingressar a la presó. I, conte contat, conte acabat.

Vaig deixar la Coca-Cola a la taula i vaig agafar un parell de cacauets. El Víctor va intervenir:

–És un conte ben bonic.

–I té relació amb nosaltres, oi?

El Lutin es va reclinar al sofà.

–Quan vaig sentir la frase fatal dels vostres pares, «No arribaran mai enlloc» –va dir–, em va venir tot això al cap. Jo vaig haver d'esperar a tenir trenta-tres anys per salvar el meu pare i que ell reconegués que s'havia equivocat amb mi. Vosaltres en teníeu catoze i quinze. Hauríeu d'aguantar també fins als trenta-tres? O podríeu resoldre abans el problema? Vaig pensar: «He d'ajudar aquests nois. Els donaré un cop de mà i demostraran als seus pares que s'equivoquen». Vaig fer una aposta a favor vostre. I l'he guanyada, perquè m'heu confirmat amb escreix el que imaginava: que sou molt bons.

El Víctor i jo ens vam inflar una mica, com dos paons quan despleguen les plomes. A tothom li agrada que el raspallin, i encara més amb aquell elogi.

–Gràcies, Lutin.

–Gràcies. Ho hem fet el millor que hem pogut.

El Lutin va aixecar la mà.

–No... –va subratllar–. Ho heu fet extraordinàriament bé. Millor del que ho haurien fet els vostres pares.

Jo vaig negar amb el cap.

–No exageris.

–No exagero –va replicar el Lutin–. Ells saben moltes coses. Però, enfrontats als problemes que heu hagut de superar, dubto que s'haguessin espavilat tan bé com vosaltres.

Vaig assentir, satisfeta. Per a mi, l'afer estava gairebé tancat. I estava a punt per posar-li punt final: calia telefonar als pares al Hilton Alma, acabar la comèdia del segrest i sopar plegats per celebrar-ho.

Però vaig callar, perquè el Víctor, tot pensatiu, es va aixecar de la butaca i es va acostar a la finestra. Va guaitar entre els llistons de la gelosia cap a la calçada de la rue Manin i el parc Buttes-Chaumont. S'havia acabat la Coca-Cola d'un glop i es va tombar cap al Lutin i cap a mi.

Li brillaven els ulls, com sempre que té una de les seves idees boges. D'aquelles que, just perquè són tan boges, acostumen a ser tan raonables.

20
El contraatac

–I si ho comprovem? –va preguntar el Víctor.

–Comprovar, què? –vaig respondre.

–Que el pare i la mare, al nostre lloc, ho haurien fet pitjor.

Jo estava desconcertada. Però l'Arsène Lutin ho va entendre de seguida.

–Planteges una petita venjança? –va dir.

–No, no –va respondre el Víctor, somrient–. Venjança és una paraula massa forta.

–Ho deixem en contraatac?

–Més o menys –va dir–. Ells ens han atacat. Nosaltres contraataquem només per defensar-nos. Què tal?

–Pot ser divertit –va acceptar el Lutin–. A més, els donarem una lliçó.

–I se la mereixen! –va rematar el Víctor.

Jo assistia al diàleg en silenci, encara perplexa, però ja endevinava les seves intencions. El pare i la mare ens havien enganyat fingint un segrest, i nosaltres respondríem fingint-ne un altre amb l'objectiu de comprovar si ells, tan arrogants i setciències, sabrien espavilar-se fent de detectius a París. Una aplicació concreta de la vella història del «caçador caçat».

–Però per contraatacar et necessitem, Lutin –va afegir el Víctor–. Podem comptar amb tu?

–Sí. Però no serà fàcil.

–Per què?

–Cal construir una història versemblant. La del segrest dels vostres pares funcionava: el cop d'estat a Guatemala, un embolic polític, una confusió amb el Mario Gómez i la Pamela Martín. Tot encaixava. Però en el vostre cas, què? Què voleu? Simular un segrest?

–Sí.

–Però, qui se suposa que us segresta? I per què?

El Víctor es va mossegar el llavi i va callar.

–No és tan senzill –va afegir el Lutin.

–No, però és factible –vaig intervenir–. El cop d'estat a Guatemala és una mina. Podem treure'n més suc.

–Com?

–Cal inventar un altre argument, un desenvolupament de l'anterior –vaig afegir, inspirada–. Aviam.

Us ho explico. El Víctor i jo, durant el simulacre d'investigació, hem entrat en contacte amb un líder polític de Guatemala a l'exili: el Patricio Comillas. Col·laboraria amb nosaltres?

–Encantat. Li vaig pagar cent euros pel teatre a Le Passage –va explicar el Lutin, rient–. Aquest paio, per 200 euros, aniria a la fi del món.

–Doncs continuo. Suposem que el Patricio Comillas troba que la nostra investigació és sospitosa i tèrbola. Creu que podríem ser agents enviats pel nou govern, els militars o alguna organització armada. El Comillas té por i ens segresta. Què tal?

–És fluix –va fer el Lutin–. No perdeu de vista un detall: teniu catorze i quinze anys. Quina mena d'agents secrets podeu ser? És difícil que un espia de debò pogués considerar-vos perillosos.

–Però els meus pares estaran atordits i aclaparats, si els anuncies que hem estat segrestats. Potser no hi pensaran, en tot això.

–Potser –va repetir el Lutin.

–Aleshores?

–Intentem-ho –va contestar–. Si els vostres pares mantenen el cap fred i són raonables, no picaran. Sospitaran del tripijoc i no colarà. Ara bé: si es posen nerviosos i s'atabalen, pot funcionar.

El Víctor va intervenir:

–Funcionarà.

–Segur?

–Conec la mare. S'atabalarà. I el pare s'hi deixarà arrossegar.

–I si no fos així?

–Tampoc no hi perdríem res –vaig respondre–. Simplement, quedarà com un intent fracassat de broma innocent.

–Arrenquem? –va preguntar el Víctor.

–D'acord –va dir el Lutin fregant-se les mans–. Ens divertirem. Però hem de preparar-ho tot al mil·límetre. Això ha de ser com el guió d'una pel·lícula, ho enteneu? He d'explicar als vostres pares que heu estat segrestats. I, perquè sigui versemblant, això implica un munt de feina preparatòria. En marxa?

Vam baixar al despatx del detectiu i vam passar més d'una hora escrivint preguntes i respostes, pensant i planificant. Vam imaginar totes les possibles reaccions dels pares i vam escriure les millors rèpliques. Com més parlàvem, més em convencia: els pares picarien. Segur!

A les vuit, l'Arsène Lutin va agafar el mòbil i va trucar a la mare. Ella s'hi va posar de seguida.

–Com els va, als nostres nenets, senyor Lutin?

La mare parlava amb un to tan jovial que em va fer ràbia. Com s'havia divertit els últims dies, prenent-nos el pèl! Però el Lutin va llançar el contraatac.

–Senyora Peris?

–Sí.

–Hem de parlar.

El to del Lutin era lúgubre. La mare es va contenir.

–Què passa? –va demanar després d'una pausa.

–Els seus fills. Han patit un... accident.

–Com?

–Una cosa... inesperada.

–Expliqui's! –va crida la mare com boja–. Lluís! Vine! Als nostres fills els n'ha passat alguna. Lutin! Digueu-me!

–És... difícil d'explicar.

–Parli d'una vegada!

–Han estat segrestats.

El silenci va durar prou segons per esdevenir gegantí.

–Com?

–Segrestats, senyora Peris.

–Però... Això... Deu ser una broma, oi?

–Ja m'agradaria, però no ho és. Es tracta d'un afer massa seriós per explicar-lo per telèfon. Vinguin al meu despatx. On són?

–A l'hotel.

–Tenen mitja hora en taxi. Els espero.

L'Arsène Lutin va penjar.

–Perfecte –va dir–. Ara tindran mitja hora de viatge per fer càbales. Quan arribin ja estaran mig enfonsats. I suposo que us agradarà presenciar-ho, oi?

El Lutin em va picar l'ullet.

–Presenciar-ho? –vaig preguntar–. Com?

–Ens amaguem en un racó?

–Tinc una idea molt millor –va dir el Lutin–. Us explico el pla. A partir d'ara mateix, esteu oficialment segrestats. O sigui que heu de desaparèixer del mapa. Us dono una targeta: un hotelet a cinc minuts d'aquí. El seu propietari es diu Pierre Bérard i és amic meu. Pregunteu per ell, us donarà una habitació, li demaneu un ordinador portàtil i us hi instal·leu.

–Un portàtil? Per què?

–Per assistir a l'espectacle, esclar. Veieu aquesta *webcam*?

–Sí.

–L'engegaré i transmetré l'entrevista en directe a través d'una web. Us enviaré un correu amb l'enllaç i la contrasenya. Entesos? Després estarem en contacte per telèfon. He de fer plans per demà i segurament voldreu veure les tribulacions dels vostres pares fent de detectius. O no? Us caldran disfresses. I ara, adeu!

Vam marxar a correcuita, no fos que per casualitat topéssim amb el taxi dels pares. Estàvem més que contents: eufòrics. El contraatac tenia tota la pinta de convertir-se en un èxit rotund. Vam arribar a l'Hotel Rouen, a la rue Tendrou. El Pierre Bérard ens va atendre de meravella i ens va facilitar el portàtil. Un cop a l'habitació, em vaig connectar al wifi, vaig obrir el correu que m'havia enviat el Lutin, vaig clicar l'enllaç i vaig teclejar la contrasenya. Immediatament, va aparèixer la imatge del despatx del

Lutin des de l'angle de la taula de treball, on estava instal·lada la *webcam*.

L'Arsène Lutin jeia escarxofat al sofà, esperant. El Víctor i jo vam seure al llit.

–Tinc dubtes –va fer el Víctor, tot d'una–. No ens estem passant de la ratlla?

–Jo crec que no, perquè...

El Víctor va deixar anar una riallada.

–Era una broma! –va exclamar.

Després de l'ensurt d'aquella tarda, tornava a estar plenament «lutinitzat». Com jo. Vaig obrir el moble bar i vaig agafar una llauna de llimonada. Quan anava pel tercer glop, el Lutin es va aixecar del sofà.

–Ja arriben!

–Xxxxt –va respondre el Víctor–. Escoltem-ho.

El Lutin va obrir i les siluetes del pare i la mare es van perfilar al marc de la porta. Ella portava un vestit d'estiu blau fosc, una bossa groga i sabates vermelles: una combinació nefasta que, en una dona tan pulcra i primmirada com la mare, era una prova palmària d'atabalament. El pare anava tan *hortera* com sempre, amb el seu sempitern polo blanc, les bermudes beix i les nàutiques sense mitjons.

El Lutin va seure en una butaca i va convidar al sofà els nostres pares, que van començar a disparar preguntes com si fossin metralladores.

–Expliqui's, senyor Lutin: què ha passat?

–On són el Víctor i la Marta?

–De debò que han desaparegut?

El so de la *webcam* era horrible, però era suficient per seguir el diàleg.

–Els han segrestat –va dir el Lutin lacònicament.

–Però, quan?

–Durant el dia d'avui. Acabo de rebre aquest anònim.

[illegible] urar una carta amb lletres de dia- [illegible] que ens havia mostrat al Víctor [illegible] ls pares la van examinar amb [illegible] a seva incontinència verbal.

[illegible] reix res...

[illegible] Lutin–. Estan segrestats i...

[illegible] rrompre:

[illegible] le cap rescat...

I el p [illegible] ompre la mare:

–Ni dona instruccions...

–Ni ordres, ni res...

–Com hem d'actuar...?

–No ho puc comprendre...

Els pares es comportaven com alumnes de P-5. El Lutin, en el paper d'home assenyat i pacient, va aixecar les mans fins que va aconseguir que callessin.

–M'escolten un moment, sisplau? He estat reflexionant i he arribat a algunes conclusions sobre el cas. Si ho desitgen, els les explicaré.

–Per descomptat –va dir el pare.

–Digui, digui.

L'Arsène Lutin era un actor consumat: va fer un posat greu, va arrufar les celles i va recitar amb precisió i convicció el guió que havíem preparat. Va explicar detalls sobre el cop d'estat a Guatemala i sobre les nostres visites al Patricio Comillas, complint la nostra gimcana de detectius. A la mare van començar a caure-li les llàgrimes galtes avall.

–Els nostres fills! –va exclamar–. Per què els ficaríem en un embolic com aquest?

–Va ser idea teva –va respondre el pare.

–Però tu hi vas estar d'acord, Lluís.

–Perquè ho vas proposar, Marina.

–De debò vols dir que tot això està passant per culpa meva?

–Doncs no serà per culpa meva, suposo!

El pare i la mare van començar a discutir. Era típic d'ells: davant d'una situació complicada, en comptes de posar-se d'acord i unir esforços, es llançaven els plats pel cap. I després es queixaven que el Víctor i jo ens barallàvem sempre!

El Lutin, un altre cop fent d'home de seny, va aconseguir posar pau al cap de poc. La mare seguia plorant i el pare estava enfonsat. Els havia vençut la histèria!

La resta de la conversa no va tenir gaire història. El Lutin els va explicar la resta de mentides que havíem preparat, i els pares s'ho van empassar tot amb una manca de sentit crític tan patètica com al·lucinant. Fins i tot hi va haver un moment que el detectiu es va acostar a la *webcam*, ens va somriure i ens va picar l'ullet.

–Estan morts de por –va dir el Víctor.

–Sí. Recordes quan nosaltres vam rebre la nota del segrest?

–Vam reaccionar millor.

–Molt millor!

–Si més no, no ens vam posar a fer el ploramiques.

–Ni a discutir –vaig concloure–. Escolta...

En aquell moment, la conversa de la *webcam* arribava a un nou tema: L'Arsène Lutin subratllava que l'anònim els prohibia acudir a la policia.

–No! Ni parlar-ne –va xisclar la mare–. Seria massa arriscat. Els nostres nenets!

–La meva dona té raó –va dir el pare.

–Hi estic d'acord –va acceptar Lutin.

–Però hem de fer-hi alguna cosa!

–Tinc un pla –va explicar el Lutin–. L'anònim no conté cap petició explícita però, amb tota probabilitat, els segrestadors demanaran un rescat.

–Pagarem! –va cridar la mare.

–Sí, senyor Lutin. Pagarem. No ho dubti!

–És bo saber-ho. Però potser no rebrem cap nou anònim fins demà. I jo els faig una proposta: mentrestant, vostès haurien d'investigar.

La idea no va agradar gens als pares, que van rebutjar-la amb una incontinència verbal pròpia de criatures.

–No serà perillós?

–I si ens enxampen?

–Crec que és millor quedar-nos quiets.

–No cal córrer riscos...

El Lutin va haver de treballar força per convence'ls, mentre el Víctor i jo negàvem amb el cap.

–Que covards! –va exclamar el Víctor.

–I a sobre volen donar-nos lliçons! –vaig afegir.

–I ens acusen de no saber espavilar-nos?

Després de mitja hora més de plors, crits i histèria, els pares se'n van anar. El Lutin els va acomiadar, va assegurar que amb pocs diners ens rescatarien i els va citar al despatx per l'endemà a les nou.

Un cop sol, es va acostar somrient a la *webcam* i ens va fer el signe de la victòria. Va asseure i ens va engegar el discurs:

–Hola, nois! Aprofito que no podeu respondre impertinències per donar-vos instruccions. Els vostres pares tindran demà el seu gran dia. O la glòria detectivesca, o el fracàs vergonyós i total. Tot depèn d'ells, tot i que, pel que he detectat avui, m'estranyaria que tinguessin èxit. Ara planificaré els propers moviments. Demà a les vuit, seré al vostre hotel amb instruccions. Bona nit!

L'Arsène Lutin es va aixecar, va prémer un interruptor i la imatge es va fondre en negre.

21
Detectius fracassats

A les vuit en punt, vaig sentir tres copets a la porta i el Lutin va irrompre a l'habitació de l'hotel.

–Bon dia, dormilegues!

Carregava a l'esquena una bossa d'esports enorme. La va llançar sobre la catifa i ens va tirar els fardells de roba que hi havia dins.

–Les vostres disfresses per avui –va dir.

–Per què?

–Voleu espiar els vostres pares mentre fan el ridícul?

–M'encantarà –va dir el Víctor.

–I a mi –vaig reblar.

–Doncs haureu d'evitar que us reconeguin, xavals.

Eren disfresses de captaires romanesos: molt apropiades per vagarejar per París en transport públic. Jo tenia una perruca pèl-roja, una brusa groga i una faldilla molt ampla, florejada i amb lluentons. Completaven la imatge de zíngara un mocador vermell amb rodones blanques i unes enormes arracades de cèrcol. El Víctor es va posar perruca, patilles i bigoti, a més d'una camisa blava i uns pantalons amples de tergal coberts de llànties. El Lutin ens va contemplar, satisfet.

–Ho claveu, nois –va comentar–. Però us falta el més important.

–Què?

Ens va allargar una capseta de cartró a cada un.

–Per les almoines –va dir rient.

–Però, haurem de demanar almoina?

–Esclar. És part essencial de la disfressa. Recordeu la frase clau, que heu de repetir amb la màxima convicció: «És trist demanar, però més trist és haver de robar». I ara, embruteu-vos una mica la cara. He portat dos trossos de carbó vegetal.

Ens vam ennegrir la cara.

–Perfecte –va fer el Lutin–. Jo me'n vaig.

–I nosaltres, què?

–A on anem?

–Connecteu-vos a la *webcam* a les nou. Després us donaré instruccions per telèfon.

A l'hora en punt, el Víctor i jo ens vam escarxofar davant de la pantalla del portàtil per veure la conversa entre el Lutin i els nostres pares. No havia canviat res des del dia anterior: la mare estava histèrica i el pare, enfonsat. Em van fer pena i tot! Però calia completar el pla i, com diu el refrany: «Per aprendre cal esforçar-s'hi». Si volíem educar els nostres pares, era imprescindible fer-los patir una estona. Pot semblar una mica cruel, però no ho és: al cap i a la fi, no fèiem amb ells sinó repetir el que ells ens havien fet a nosaltres abans.

L'Arsène Lutin els va encarregar informes complets sobre la situació política a Guatemala, i sobre el Mario Gómez i la Pamela Martín. A les onze, van tornar amb els papers. El Lutin els va fullejar i els va esbroncar:

–Només això? Els seus fills els van fer molt millor.

Després, els va donar les primeres instruccions de la jornada:

–Han de visitar el Patricio Comillas, al restaurant El Quetzal. Però, abans, i per evitar riscos, hauran de despistar l'individu que els segueix.

–Com? –va exclamar la mare.

–Que ens segueixen? Ai, Déu meu!

–Sí. Ho advertia l'anònim. Treguin el nas per la finestra.

Es van acostar a les gelosies ajustades i van observar. No em va costar gens imaginar el que veien: el Marcel Chalavert, ajudant del Lutin, recolzat en un arbre i llegint *Le Figaro*.

–És un pinxo! –va exclamar la mare, espantada.

–No s'hi amoïni –va respondre el Lutin–. No els farà mal. Només els segueix.

–I com el despistem?

L'Arsène Lutin els va explicar el mateix que al Víctor i a mi dos dies abans: haurien d'aprofitar un vagó ple de gom a gom i fugir a correcuita.

–No sé si podré –va protestar la mare.

–Anem-hi, carinyo –va dir el pare–. Cal intentar-ho.

–Pugem un moment a casa –va afegir la mare–. Em posaré vambes, per si cal córrer.

Quan el Lutin es va quedar sol, ens va adreçar un gest urgent a través de la *webcam*. El Víctor i jo ens vam afanyar i vam arribar a la rue Manin, 20. Vam seure en un banc. El Marcel Chalavert ens va veure i ens va picar l'ullet: el seu cap l'havia posat al corrent del joc i semblava divertir-se força. Als cinc minuts el pare i la mare van sortir, van mirar de reüll el Marcel i es van afanyar per la vorera. L'ajudant del Lutin els va seguir. I el Víctor i jo ens van enganxar als talons del Marcel.

Vam recórrer en comitiva algunes travessies i vam entrar al metro a l'estació de Jaurès. El primer comboi anava ple. El pare i la mare van entrar en un vagó. I, al darrere, el Marcel i nosaltres.

–Què fem? –vaig dir.

–No podem arriscar-nos que ens reconeguin –va dir el Víctor–. Anem-nos-en al fons del vagó.

Vam passar sis estacions. El pare i la mare no ens van reconèixer, de tan ocupats que estaven vigilant el Marcel Chalavert. A sobre, com més ens acostàvem al centre de París, més viatgers hi havia. Camí de l'estació de Bastilla, ja anàvem atapeïts com en una llauna de sardines: drets i sense espai per bellugar ni tan sols un braç. El pare va dir alguna cosa a cau d'orella de la mare, que va assentir. El Marcel també se'n va adonar. Ens acostàvem a l'estació de Bastilla.

El tren va frenar, va grinyolar, hi va haver les sacsejades habituals, va entrar a l'estació i es va aturar. Es van obrir les portes, van baixar uns passatgers i en van pujar d'altres. Quan entraven els últims, el pare i la mare es van abalançar cap a la porta, a empentes i cops de colze. Van sortir. El Marcel, per la seva banda, i el Víctor i jo, per la nostra, vam fer el mateix.

La gentada es va dispersar a l'andana i a la mare se li va gelar el somriure als llavis quan va veure el Marcel. Es va estremir. El pare la va abraçar i li va xiuxiuejar alguna cosa a cau d'orella. La mare va replicar. El pare es va emprenyar. Es van barallar. Van trigar uns minuts a calmar-se. Van seure i van enraonar.

Van pujar al següent comboi, amb el Marcel i nosaltres darrere. Un altre cop anàvem com sardines de llauna: hi havia tanta gent que, per més sacsejades que patís el vagó, era impossible moure's. Els pares feien més o menys com el Víctor i jo dos dies abans. Van fer un segon intent a l'estació d'Austerlitz i van fracassar altre cop: el Marcel Chalavert els seguia per l'andana dirigint-los una mirada sarcàstica.

La mare estava frenètica. El pare, sobrepassat. No sabien com reaccionar. En aquest punt, al Víctor se li havia acudit la idea de despistar el Marcel amb el truc del *Bateau Mouche*. Però els pares no tenien, ni de lluny, tanta imaginació. Després d'un breu intercanvi d'opinions, el pare es va treure el mòbil de la butxaca i va parlar una estona.

Quan va penjar, va sonar l'alarma del meu mòbil. Era el Lutin.

–El teu pare acaba de dimitir –va dir–. Es dona per vençut.

–Què li has dit?

–Que és igual. Que segueixin amb el pla i vagin a veure el Comillas.

–En metro?

–Sí. Crec que us divertireu!

I és cert que ens vam divertir, però només fins a cert punt, perquè els nostres pares ho estaven passant molt malament. Exercir de detectius els sobrepassava: se'ls veia més perduts que un pingüí al Sàhara.

Podria seguir relatant aquell dia de gimcana detectivesca del pare i la mare d'una punta a l'altra de París, en metro, en autobús i en taxi, però m'ho estalviaré. No cal explicar com va ser la visita al Patricio Comillas, ni la conversa amb el Buca, ni la visita a Le Pigeon ni el catastròfic interrogatori al Fabien

Tiboulé, el gegant negre del pírcing al nas, expert en cuscús. No: no cal explicar tot això perquè no vull ser cruel. I suposo que el lector pot imaginar-se com es van desenvolupar aquestes desafortunades gestions.

Ara bé: hi ha un detall que no em vull estar de consignar, perquè el considero significatiu. El Víctor i jo vam estar enganxats als talons dels pares des de les onze del matí a les nou del vespre: jo amb la perruca pèl-roja i ell amb els pantalons de captaire zíngar. Tot el dia! Sense separar-nos-en mai més de vint metres. I ni el pare ni la mare no se'n van adonar. Cal afegir res més?

El Lutin em va fer la darrera trucada del dia poc abans de les nou del vespre.

–Hola, noia. Com ha anat tot?

–Pse.

–Pitjor del que es preveia?

–Pitjor.

–I volien donar-vos lliçons! –va exclamar el Lutin–. En fi, suposo que ja n'hi ha prou. Acabem la comèdia?

–Sí, sisplau.

–Et fan pena, oi?

–Una mica.

–Entesos. Avui a les deu, connecteu-vos a la *webcam*. I demà al matí, *The End*. Va bé?

–Perfecte.

El Víctor i jo vam tornar a l'Hotel Rouen, ens vam treure les disfresses, que ja desprenien una pudor de suor com si fossin d'autèntics captaires, i ens vam dutxar. Vam obrir dues llaunes de refresc i, a l'hora fixada, vam seure davant de la pantalla del portàtil, com per veure un episodi de *Com vaig conèixer la vostra mare*.

Però no hi apareixien ni el Marshall ni el Barnie, sinó el pare i la mare. I no estaven somrient, com els actors de la comèdia, sinó aclaparats, com els de les sèries melodramàtiques.

L'Arsène Lutin els va preguntar amablement com havia anat el dia. Com que ells no van respondre, el detectiu els va mostrar un segon anònim. El pare i la mare es van abraonar sobre el paper i el van llegir a correcuita. La mare va aixecar els ulls cap al Lutin.

–Demanen un rescat –va mussitar.

–És el que volia, oi?

–Sí, esclar –va afegir el pare–. El que volem és alliberar els nois com abans millor.

–El problema és la suma –va observar el Lutin–. Exigeixen vint mil euros.

–Podem pagar-los –va respondre la mare.

–Demà al matí?

–Sí.

–Per transferència?

–Els nostres estalvis en líquid arriben als vint mil euros –va dir el pare–. I no regatejarem ni buscarem problemes. Són els nostres fills!

–Té raó –va respondre el Lutin–. En aquest cas, ja no hi ha gaire a afegir. Vinguin demà a primera hora i anirem plegats al banc.

–A les vuit en punt –va dir la mare, impacient–. Bona nit! –I amb aspecte cansat, se'n va anar cap a la porta.

–Demà, aquest malson ja haurà acabat –va dir el Lutin.

–Tant de bo!

–Que Déu l'escolti!

I se'n van anar. Un dels detalls més curiosos d'aquella estranya aventura va ser que el pare i la mare, que anaven de molt progres i agnòstics, no paraven de pronunciar exclamacions referides a Déu. Deu ser veritat que la gent només es recorda de Déu als moments difícils.

L'Arsène Lutin va tancar la porta i es va dirigir a la *webcam*.

–Ei, nois! Ja ho veieu: tot el que és bo, s'acaba. Disfresseu-vos i espereu-nos demà al matí a l'oficina del BNP, vora Le Pigeon. Ja sabeu, la del vídeo. Els vostres pares s'enduran una sorpresa d'upa! –I va afegir, picant l'ullet:– I vosaltres també!

Va prémer un botó i la imatge es va fondre.

22
Trucs del Lupin i del Lutin

Quan ens vam quedar sols i com a conclusió, el Víctor va exclamar:

–Quin fart de riure!

–Tinc ganes de veure les cares dels pares quan s'assabentin que el segrest era mentida!

–És fàcil imaginar-les.

–Vols dir?

–Sí. Seran com les nostres quan vam descobrir que el seu segrest era fals. O no?

–Doncs sí. Però sense ressentiment. El més important és que tornarem a estar junts.

–I tranquils! –va afirmar el Víctor–. Han estat unes vacances divertides i originals, però massa estressants. Necessito passar-me tardes senceres avorrint-me i veient a internet episodis vells de *Com vaig conèixer la vostra mare.*

–Tens raó. Però demà, tot això s'haurà acabat.

–Per fi!

Estàvem tan cansats de caminar tot el dia per París amunt i avall disfressats de captaires romanesos que abans de les deu ja érem al llit. Al cap de poc, el Víctor va començar a roncar i jo, que estava sobreexcitada, em vaig desvetllar.

Vaig encendre el llum de la tauleta de nit i se'm va acudir llegir fins que m'agafés la son. Vaig trobar l'exemplar del 1907 d'*Arsène Lupin, gentleman cambrioleur*, de Maurice Leblanc, que m'havia recomanat el Lutin. «Llegeix el segon relat del llibre», m'havia dit, «el que es titula: "Arsène Lupin a la presó"». Sempre m'ha fascinat: és el millor que s'ha escrit en literatura policíaca. El lladre com a prestidigitador! Sempre cal desviar l'atenció perquè el públic no s'adoni del truc!». Amb perspectives tan bones, qui no s'hi animaria? Vaig obrir el volum i vaig començar el relat.

El llibre arrenca amb la descripció del castell de Malaquis, fortalesa gairebé inaccessible situada en un illot de granit enmig del riu Sena. Pertany al baró Nathan Cahon, multimilionari que s'ha fet ric especulant a la borsa i que té com a sobrenom «baró Satan». A primers de setembre, el baró rep una carta.

Porta un encapçalament que diu: «Presó de la Santé, París». La presó més segura de França!

I va signada: Arsène Lupin.

El baró Nathan Cahon recorda: el Lupin acaba de ser capturat per l'inspector Ganimard i està tancat a la Santé. El contingut de la carta el deixa estupefacte:

Senyor baró:

A la galeria que reuneix els dos salons del vostre castell, hi ha un quadre de Philippe de Champaigne, d'excel·lent factura, que m'encanta. També m'agraden els vostres Rubens i el vostre petit Watteau. Al saló de la dreta, tinc estima pel bufet Lluís XIII, els tapissos de Beauvais, el vetllador Imperi signat Jacob i el bagul Renaixement. Al de l'esquerra, m'agrada tota la vitrina de les joies i les miniatures.

Aquesta vegada, em limitaré a quedar-me tots aquests objectes, que seran, crec, fàcils de traslladar. Us prego, doncs, que els feu embalar convenientment i els envieu al meu nom (amb els ports pagats) a l'estació de Batignolles, abans de vuit dies... Si no fos així, procediria jo mateix a la mudança la nit del dimecres 27 al dijous 28 de setembre. I, en aquest cas, com és de justícia, no m'acontentaria amb els objectes esmentats més amunt.

Excuseu la petita molèstia que pugui causar-vos i accepteu l'expressió dels meus sentiments de respectuosa consideració.

Arsène Lupin.

El Cahon, el baró Satan, es queda perplex. La carta està redactada per un *gentleman*, demostra un coneixement exhaustiu de les seves col·leccions d'art i... fins i tot es permet anunciar-li la data exacta en què es produirà el robatori!

En aquest punt, tan interessant d'altra banda, em vaig quedar adormida.

L'endemà va sonar el despertador a dos quarts de vuit i ens vam posar en marxa a correcuita. Vam baixar a esmorzar i ens vam disfressar de captaires romanesos. El Pierre Bérard, que, com a amic del Lutin, ja coneixia molts dels seus estrambòtics tripijocs, ens va saludar amb una ganyota irònica. Vam passar per la rue Manin, però vam evitar apropar-nos al número 20, per por que la portera ens descobrís disfressats de rodamons i organitzés un petit escàndol. Després vam seguim per Botzaris, per Envierges fins al neó apagat de Le Pigeon, i vam arribar a la place Charles Pinérecourt.

En aquell precís moment, vam distingir l'Arsène Lutin, que entrava a l'oficina del BNP, acompanyant del pare i la mare.

Vam seure en un banc de la plaça, vora la font i sota l'ombra d'un til·ler.

–I ara, què fem? –va dir el Víctor

–Esperem.

–A què?

–Que tot acabi. Ho va anunciar ahir el Lutin.

–Ho vaig sentir –va replicar el Víctor–. Però què hi han de fer, al banc?

–Ni idea.

–Suposo que serà el simulacre del pagament d'un rescat, per rematar la magnífica actuació teatral de l'Arsène Lutin. Una cosa molt emocionant, amb transferències a números de compte en bancs suïssos i coses similars.

–Segurament. A les pel·lícules sempre surt.

–Llàstima que no puguem veure-ho...

El Víctor va arronsar les espatlles i va posar en marxa el mòbil per jugar a un dels seus patètics jocs de futbol, FIFA, Lliga BBVA i similars. Mentrestant, jo vaig fer un glop d'aigua fresca a la font i vaig quedar-me mirant el cel blau de París, tan propici als somnis. I així, entre somieig i somieig, vaig recordar l'inici de l'estranya narració del robatori de l'Arsène Lupin al castell de Malaquis. Vaig obrir el llibre i vaig continuar la lectura allà on l'havia abandonada la nit anterior.

M'ho vaig passar pipa llegint al final. El robatori era el súmmum de l'enginy! Tenia raó l'Arsène Lutin a considerar *Arsène Lupin a la presó* el millor relat policíac del món. Era lògic que, després de llegir-lo als dotze anys, hagués decidit convertir-se en l'Arsène Lutin, doble del seu precursor de ficció.

El lladre refinat! El lladre simpàtic!

Vaig deixar el llibre a la vora, al banc. El Víctor seguia amb el mòbil i els partidets de futbol: el Betis guanyava al València per 4 a 3. Vaig beure un altre glop d'aigua fresca de la font. Vaig mirar el rellotge.

–Són gairebé les nou.

–És veritat. Sí que triguen –va confirmar el Víctor apartant els ulls de la pantalla.

–Suposo que és normal.

–Una transferència a un banc suís –va dir el Víctor– requereix el seu temps. –Va seguir amb el partidet entre el Betis i el València i va afegir:– Encara que sigui un simulacre.

En sentir la paraula «simulacre», vaig fer un bot i vaig cridar. El Víctor em va mirar.

–Què et passa? –va dir

–No és cap simulacre! –vaig exclamar.

–De què parles?

–De la transferència.

–Quina transferència?

–Al banc suís.

El meu germà es va tocar la templa amb el dit índex.

–Estàs com un llum! –va respondre abans de seguir amb el Betis i el València.

No vaig contestar, perquè el cap m'anava a mil per hora. Per què trigaven tant pare i la mare, si es tractava només d'un simulacre de transferència a un compte suís? En teoria, el Lutin havia d'enganyar-los gairebé fins al final. Gairebé. A l'últim moment, però, havia de revelar als pares que el nostre segrest era fals. I que no calia un rescat de vint mil euros.

Però, i si el Lutin els enganyava fins al final?

I si els deixava pagar el rescat?

I si, en aquell precís moment, els pares estaven fent una transferència de debò de vint mil euros?

I més: per què havia insistit tant el Lutin que em llegís aquell curiós relat de Maurice Leblanc, *Arsène Lupin a la presó*? Resposta: perquè contenia la clau de tota aquella intriga tan estranya i complexa.

El lladre refinat! El lladre simpàtic!

En el seu afany juganer i amb extrema cavallerositat, l'Arsène Lutin ja ens havia avisat, la nit anterior. En acomiadar-se a la *webcam* amb un gest de complicitat, ens havia dit: «Els vostres pares s'enduran una sorpresa d'upa! I vosaltres també!».

–Víctor! –vaig exclamar–. Cal aturar-los.

–A qui?

–Al pare i la mare. Els vint mil euros!

–Què els passa?

–El Lutin els els vol robar. No ho entens?

–No.

–Som-hi! De pressa!

Em vaig llançar cap a l'oficina del BNP, vaig travessar el vestíbul amb les caixers automàtics i vaig entrar com una exhalació. A la taula de la dreta, el meu vell conegut, l'agent comercial Joseph Maujean, estrenyia la mà a l'Arsène Lutin i al meu pare. A continuació, desava uns papers en un sobre i una estilogràfica a l'infern de la seva americana.

–Ja està fet –va dir el Lutin.

El pare i la mare s'abraçaven i es feien petons. Era una escena emocionant.

–I quan tornarem a veure la Marta i el Víctor? –va preguntar la mare amb una llagrimeta a la galta.

–Aquí els té! –va exclamar el Lutin.

El Víctor i jo entràvem en aquell moment. La mare es va tombar, em va veure, em va abraçar i va plorar a llàgrima viva.

–Filla meva! Per fi!

El pare es va llançar sobre el Víctor i el va abraçar. Però se'n va separar de seguida, va quedar-se mirant les disfresses de captaires romanesos i va arrufar les celles: començava a adonar-se que alguna cosa no encaixava.

Mentrestant, l'Arsène Lutin esclatava en riallades sorolloses.

–Què passa aquí? –va dir el pare, seriós.

–No estàvem segrestats –va respondre el Víctor–. Tot era un muntatge.

–Com? –va cridar la mare.

–El que sentiu –vaig afegir–. El nostre segrest era com el vostre. Tot teatre.

Els pares es miraven l'un a l'altre, perplexos, incapaços d'articular paraula.

–Però encara hi ha una cosa pitjor –vaig afegir.

–Què?

–Que el detectiu Arsène Lutin acaba de robar-vos vint mil euros!

23
La factura del Lutin

L'Arsène Lutin va deixar anar una altra riallada descomunal, que era tota sola una confessió. El pare i la mare estaven bocabadats.

–És veritat?

–Per descomptat. Però els diners són secundaris. El que de debò importa és que la seva filla Marta és molt llesta.

Em vaig posar vermella com un tomàquet, mig per vergonya i mig per ràbia. El Lutin se'm va acostar i em va clavar un copet a l'espatlla.

–Molt bé Marta –va declarar–, però amb retard. Gairebé –i va subratllar la paraula– aconsegueixes evitar-ho.

–He llegit el llibre massa tard.

–Llàstima! –va respondre el Lutin, amb un somriure entremaliat–. Jo soc tot un cavaller. Sempre concedeixo una oportunitat a les dames.

La situació era tan confusa que va sortir el director de l'oficina del BNP i, entre ell i el Joseph Maujean, ens van obligar a sortir del local. En un parell de minuts érem tots drets, vora la font i sota l'ombra fresca dels til·lers de la placeta.

Per completar el caos, en aquell moment va aparèixer l'Armance, la dona del Lutin, amb les seves dues filles, la Brigitte i l'Ottilie. L'Armance anava més discreta que la nit del bany al Sena, però estava elegantíssima i guapíssima amb uns pantalons negres cenyits, una senzilla brusa blanca i un collaret i unes arracades de perles. La Brigitte i l'Ottilie es van llançar sobre el seu pare cridant i reclamant un gelat. Mentrestant, el pare m'havia formulat algunes preguntes fins a comprendre més o menys la situació. La mare, en canvi, seguia sense pescar res, fins al punt que estava renyant el Víctor per les llànties dels pantalons de captaire.

L'Arsène Lutin va treure's de sobre les seves filles.

–Us convido a esmorzar! –va anunciar.

–Amb quins diners? –vaig replicar.

–Amb el vostres, esclar. Anem al bistrot Jean Paul. Hi ha gelats!

Vam desfilar, vam seure al voltant d'una taula i el Lutin va fer les presentacions.

–Per què has vingut? –li vaig dir a l'Armance.

–Per celebrar-ho.

–Per celebrar, què?

–El final feliç, esclar –va reblar l'Armance, riallera.

Jo entenia que era el final, però no acabava de copsar que fos feliç. Tanmateix, vaig callar i em vaig resignar, mentre l'Ottilie i la Brigitte xisclaven amb els seus polos de llimona i el cambrer prenia nota d'una veritable muntanya de croissants, melindros, dolços de xocolata, pastissets, pans de raïm, quiches lorraine i cafès amb llet. A la fi, el pare es va dirigir al Lutin.

–Tot això és molt greu –va dir.

–En efecte.

–Ens deu una explicació!

–És cert.

–El vam contractar per simular el nostre segrest –va afegir el pare–. No per fingir el segrest dels nostres fills! I el preu eren dos mil euros, i no pas vint mil.

–Vostè ho ha dit: he tingut més feina... i més despeses.

–Vostè és un barrut!

–No se sulfuri, senyor Peris –va respondre el Lutin–. Comprenc que estigui perplex i una mica dolgut, però espero que les meves explicacions li semblin convincents.

–Ho dubto –va rondinar el pare.

Però la mare el va corregir.

–Expliqui's, senyor Lutin.

–Vostè i la seva dona, senyor Peris, van venir al meu despatx per proposar-me un joc detectivesc. Em demanaven que l'organitzés, el supervisés i el desenvolupés per dos mil euros, durant tres dies. No era un mal preu per a un joc. Però de seguida em vaig adonar que el seu cas anava més enllà. Me'n vaig adonar quan vostè, senyora Peris, va pronunciar una frase sobre els seus fills.

–Una frase? De què parla?

–Va dir: «No arribaran mai enlloc».

–És veritat –va reconèixer la mare, avergonyida.

–Aleshores em vaig adonar que a la seva família hi havia un problema. I dels grossos. Es podria resumir així: «Hi ha uns pares que no confien en els seus fills. I uns fills que pateixen perquè els seus pares no confien en ells». Ho he resumit bé?

El pare i la mare es van mirar sense dir res.

–Qui calla, consent –va prosseguir el Lutin–. Per tant, la meva feina no era només fer de detectiu, sinó de psicòleg familiar. I va ser en qualitat de psicòleg que vaig acceptar el cas, tot i que no ho vaig dir en un primer moment, per no espatllar-ho tot. Ho vaig planejar tot, en tres fases. Primera fase: havia de comprovar que la Marta i el Víctor eren tan espavilats i competents com semblaven, i serien capaços de seguir les pistes que els posaria. Segona fase: la Marta i el Víctor havien de superar la prova més difícil, o sigui desemmascarar una suposada traïció meva, trobar-ne les proves i acudir a la policia. Se'n van sortir a la perfecció. Amb les dues primeres fases ja havia assolit un objectiu essencial: establir que la Marta i el Víctor eren espavilats i competents. Ara bé: calia que vostès, els pares, senyors Peris, fossin conscients que tenen uns fills magnífics i dignes d'absoluta confiança. Per aconseguir-ho, calia establir el contrast.

El pare escoltava amb els ulls com unes taronges.

–El contrast? –va repetir.

–Sí. Amb la tercera fase: fingir el segrest de la Marta i el Víctor i posar als pares les mateixes proves que abans havien superat els fills. Aquesta fase va acabar amb el resultat esperat: els pares van fracassar. I, com a certificat, aquí van els butlletins de notes.

L'Arsène Lutin es va treure de la butxaca quatre imitacions de butlletins. Els va repartir amb certa cerimònia al pare, a la mare, al Víctor i a mi. Els títols de les assignatures eren estrafolaris i divertits:

Encaixar males notícies.
Sang freda davant del perill.
Distracció de pinxos que et segueixen per París.
Habilitat en interrogatoris.
Iniciativa per trobar noves pistes.
Imaginació i creativitat.
Espionatge en llocs públics.
Valor davant de la policia.
Resistència davant dels fracassos i les adversitats.
Sentit de l'humor.

Les notes de Víctor eren magnífiques: totes Excel·lent, amb Matrícula d'Honor en «Valor davant de la policia» i en «Distracció de pinxos que et segueixen per París».

Les meves eren també Excel·lent, amb un parell de Matrícules a «Iniciativa per trobar noves pistes» i a «Imaginació i creativitat».

El contrast amb les notes dels pares era absolut: ells tenien Insuficient en totes les matèries. A més, els Insuficients estaven posats l'un darrere l'altre amb retolador vermell. Que humiliant que és el retolador vermell! Com cou!

La mare va comparar les notes i es va indignar.

–Senyor Lutin! Això és...

–La veritat, senyora Peris, la veritat.

La mare va callar, mentre el pare abaixava el cap i esbossava un somriure.

–El Lutin té raó, carinyo.

–De debò?

–Sí. Els nostres fills són millors que nosaltres.

La mare el va mirar i se li va escapar una llagrimeta. Tot d'una, i després de l'empipament inicial, acabaven d'adonar-se del que el Lutin volia transmetre'ls.

–Hem de confiar més en ells –va dir la mare.

–Ho farem.

Van ser uns moments emocionants. El pare i la mare ens van abraçar al Víctor i a mi. Poques vegades en la meva vida m'he sentit tan feliç i he notat més unida la família: no hi ha res més fantàstic que una reconciliació.

Mentrestant, l'Arsène Lutin va encarregar al cambrer dos gelats de xocolata per a l'Ottilie i la Brigitte, que ja s'havien cruspit els de llimona. Acabades les efusions sentimentals, va prosseguir:

–I, després dels butlletins de notes, la factura.

Es va treure un foli de la butxaca i el va presentar a la mare, que es va treure les ulleres de la bossa.

–Vint mil euros! –va exclamar.

–Els meus honoraris, esclar –va explicar el Lutin–. Veuran que la factura és completa i està detallada per conceptes. Per aquest treballet, he hagut d'exercir de psicòleg familiar, de psicòleg d'adolescents, de guionista, de productor per muntar totes les pistes a seguir, d'actor, d'intermediari en la contractació d'actors, d'apuntador, de detectiu, de piratejador de les càmeres de seguretat del BNP i d'una infinitat de coses més. Totes estan especificades a la factura. Contempla les hores de treball i despeses diverses, totes justificades amb factures adjuntes, entre les quals els pagaments a col·laboradors com el Marcel Chalavert i el Patricio Comillas.

–Però vostè... ens ha robat! –va respondre el pare, estupefacte.

–S'equivoca.

–Ens ha robat! –va insistir el pare.

–És veritat –vaig insistir.

L'Arsène Lutin es va reclinar al seient.

–No és cert –va respondre–. No he robat res. Només he fet un ingrés al meu compte corrent. Un avançament a compte. Com a precaució.

–Precaució?

–Per si no volien pagar. Passa alguna vegada amb les factures sorpresa. Però la factura és justa i jo estic fermament convençut que vostès pagaran de bona gana.

El pare estava literalment bocabadat.

–Ens... Ens... ha... ro... roba... –balbucejava.

–No.

–I vostè creu que...? Que...? Que li signarem una... factura?

–Per descomptat –va explicar el Lutin, impertèrrit, amb un somriure–. Vostès han après, avui, dia 9 d'agost del 2014, una gran lliçó, que marcarà les seves vides i els farà feliços per sempre. És una lliçó senzilla: tenen uns fills meravellosos, que arribaran on es proposin, i poden confiar-hi cegament. Recorden les seves pors quan ens vam conèixer, fa quatre dies? La tornada del «no arribaran mai enlloc»? Ara, aquestes pors s'han esvaït per sempre. Saben el que s'estalviaran, en el futur, en psicòlegs? Em segueix, senyor Peris?

L'expressió del pare va canviar de sobte quan va sentir les paraules «estalviar» i «psicòlegs».

–Sí –va murmurar.

–I vostè creu –va prosseguir el Lutin amb vehemència– que aquesta lliçó, aquesta tranquil·litat, aquesta felicitat, no valen uns miserables vint mil euros?

El pare i la mare callaven.

–Els valen? –va insistir el Lutin.

La mare va agafar la factura i un bolígraf.

–On cal signar? –va preguntar.

–Aquí. Al peu.

La mare va signar. I el pare. I es van fer un petó. I ens van fer un petó.

L'Armance em va ajudar a assecar-me les llagrimetes.

–Ho veus? –em va dir–. T'havia avisat.

–De què?

–Que hi hauria un final feliç.

Vaig assentir.

–L'Arsène Lutin és especialista en finals feliços, oi? –vaig preguntar.

–I encara no ho has vist tot!

I és que quedava encara el final del final. Aquella nit, l'Arsène Lutin ens va convidar (amb els nostres diners, esclar) a una fantàstica festa a Le Pigeon.

El Lutin, el detectiu follet, vestia el seu esmòquing d'agent 007 i va aconseguir que la sala es posés dreta ballant uns tangos esplèndids amb l'Armance, que portava un vestit de seda escarlata amb lluentons que brillaven com espurnes.

La mare i el pare anaven molt elegants: sobretot ella, perquè ell no té remei. Es van beure dues ampolles de xampany francès.

–El teu pare em destrossa els peus a trepitjades –em va dir entre bolero i bolero–. Però està tan divertit, avui!

Vaig entendre que els pares s'estaven «lutinitzant». Bon senyal: semblaven haver-se tret vint anys de sobre.

El Víctor, per la seva banda, es va cansar aviat de tanta dansa i va sortir a parlar amb el Fabien Tiboulé, el porter negre. Pel que sembla, era un fora de sèrie amb els jocs FIFA *online* per a mòbils i van fer unes partides de campionat.

I jo? Doncs em vaig posar un vestit blanc tan lleuger i elegant que el Buca, en veure'm, es va quedar absolutament fascinat. El Buca, sí. Em va escometre i em va convidar a ballar. I jo, molt més «lutinitzada» que els pares, no li vaig dir que no. El Buca podia ser una mica barroer, però també era simpàtic, tenia uns ulls negres preciosos i la caçadora carmesí i els texans li esqueien de meravella.

I així, la festa va acabar com era inevitable: amb un bany nocturn al Sena, davant del reflex amable i immòbil de la torre Eiffel.

Índex